EMMANUÈLE BERNHEIM

Alles ist gutgegangen

GOLDMANN
Lesen erleben

Buch

»Die Diagnose ist nicht berauschend.« Im Alter von achtundachtzig Jahren erleidet André Bernheim, Pariser Kunstsammler, Liebhaber jedweden Geschlechts, schillernd, charmant, vital, einen schweren Schlaganfall. Nichts, was sein Leben ausmachte, ist ihm nun mehr geblieben. Und so bittet er seine Tochter, ihm den Freitod zu ermöglichen. Mit der literarischen Kraft, die ihre Romane auszeichnet, erzählt Emmanuèle Bernheim, welche unendliche Zumutung dies für die Familie ist und wie sie sich trotz unauflöslicher Gewissenskonflikte gemeinsam auf den Tod zubewegen. Ihre Sprache ist spannungsgeladen, dicht und präzise. Mit feinem Gespür fürs Tragikomische gelingt der Autorin ein großer literarischer Text über das Glück des Lebens und die Freiheit zu sterben.

Autorin

Emmanuèle Bernheim, geboren 1955, lebt als freie Schriftstellerin und Drehbuchautorin (u.a. für »Swimming Pool« von dem französischen Regisseur François Ozon) in Paris. Ihre Romane wurden in 25 Sprachen übersetzt. 1993 wurde sie für ihren Roman »Sa femme« (dt. »Die Andere«) mit dem Prix Medicis ausgezeichnet.

Emmanuèle Bernheim

Alles ist gutgegangen

Die letzte Reise meines Vaters

Aus dem Französischen
von Angela Sanmann

GOLDMANN

Die französische Originalausgabe erschien 2013
unter dem Titel »Tout c'est bien passé«
bei Editions Gallimard, Paris.

MIX
Papier aus verantwortungsvollen Quellen
FSC® C014496
FSC
www.fsc.org

Verlagsgruppe Random House FSC® N001967

1. Auflage
Taschenbuchausgabe März 2016
Wilhelm Goldmann Verlag, München,
in der Verlagsgruppe Random House GmbH

Umschlaggestaltung: UNO Werbeagentur, München
Umschlagfoto: © Seb Oliver/cultura/Corbis
KF · Herstellung: Str.
Druck und Einband: GGP Media GmbH, Pößneck
Printed in Germany
ISBN: 978-3-442-15827-0
www.goldmann-verlag.de

Besuchen Sie den Goldmann Verlag im Netz

Für Pascale

»Ich komme sofort!«

Ich klappe mein Handy zu. Schnell, ich ziehe mich an. Greife nach meiner Tasche.

Ich rufe den Aufzug. Weit weg, sicher im Erdgeschoss, das gedämpfte Quietschen der Metalltüren. Ich nehme die Treppe. Eine Etage, noch eine. Ich halte abrupt. So geht das nicht. Das Teppichmuster verschwimmt. Ich kann die Stufen nicht mehr erkennen, nichts als ein langes, fortlaufendes rotes Band. Ich werde noch fallen. Ich klammere mich ans Geländer. Um mich herum ist alles verschwommen.

Ich habe meine Kontaktlinsen vergessen.

Ich laufe wieder hoch.

Rechte Linse. Mein Finger zittert. Linke Linse. Ich zwinkere. So, ich kann sehen.

Der Aufzug ist da. Ich drücke mehrmals auf »Erdgeschoss«. Los, los.

Ich überquere die Straße, ohne auf Grün zu warten. Ich laufe zur Avenue. Am Taxistand steht eine Schlange.

Selbst mit einmal Umsteigen bin ich mit der Metro schneller.

Navigo-Karte, »Bing«, Drehkreuz, Schleuse.

Ich haste die Treppe hinunter.

Die Leuchtziffern zeigen vier Minuten Wartezeit an.

Vier Minuten.

Ich werde zu spät kommen, da bin ich sicher.

Ich muss Zeit gewinnen.
Befindet sich der Verbindungsgang zu den Anschlusszügen am Kopf oder am Ende des Zuges?
Ich gehe den Bahnsteig entlang, bleibe stehen, kehre um.
Unmöglich, mich zu erinnern, dabei kenne ich diese Linie in- und auswendig.
Vorn oder hinten?
In meinem Kopf dreht sich alles. Ich setze mich hin.
Immer mit der Ruhe. Atmen.
Tief einatmen, jetzt ausatmen, so lange wie möglich.
Noch einmal.
Es wird besser.
Ich kontrolliere mein Handy. Es ist aufgeladen und – drei Balken – hat Empfang. Warum ruft Pascale nicht zurück?
Ich hab's, ich erinnere mich: Der Gang zu den Anschlusszügen liegt am Kopfende des Zuges.
Aufgestanden.
Ich stelle mich an die Bahnsteigkante, auf Höhe des ersten Waggons.
Durch die Sohlen spüre ich, fast als wär' ich barfuß, die runden, harten Höcker des Sicherheitsstreifens für Blinde.
Wenn meine Schwester nicht zurückruft, heißt das wohl, dass kein Grund zur Sorge besteht.
Unser Vater wird einen Schwächeanfall oder einen starken Blutdruckabfall gehabt haben, weiter nichts.
Auf der Anzeigetafel wird aus der »01« die blinkende »00«, die Metro fährt ein.
Ich setze mich neben einen riesengroßen Mann.
Abfahrtssignal, die Türen schlagen zu.
Mein Nachbar fängt sofort an, einen großen Paris-Plan

auseinanderzufalten. Auf Englisch bittet er mich, ihm zu zeigen, wo wir sind.

Das beschichtete Papier, fest und glänzend, breitet sich über meine Knie.

Ich fahre mit dem Finger unsere Linie ab.

Sie durchzieht die Karte von unten nach oben wie eine lange rosa Spaghetti, von einem kleinen zu einem großen Friedhof, dessen winzige Kreuze aussehen wie ein Hahnentrittmuster.

Thank you.

Die Metro ist schneller geworden.

Ich schließe die Augen.

Ich hätte mich in Fahrtrichtung hinsetzen sollen.

Der Waggon schaukelt, wirft mich hin und her.

Etwas zieht sich in meinem Magen zusammen.

Ich bin sieben oder acht Jahre alt und sitze hinten im Wagen meines Vaters. Zum ersten Mal versuche ich eine Straßenkarte zu lesen, ganz stolz, dass er mich gebeten hat, ihn zu lotsen.

Ich bin klein und leicht, und die Rückbank der DS ist so weich, so gefedert, dass ich mich am Griff der Autotür festkrallen kann, wie ich will: Ich hüpfe auf und nieder wie auf einem Trampolin.

Gelb, rot, weiß fließen die Straßen ineinander.

»Also, nach links oder rechts?« Ich habe keine Ahnung. Mein Vater wird ungeduldig, fährt ruckartig. Mir ist schlecht. Er muss anhalten, schnell. Er bremst scharf, dreht sich um und reißt mir die Karte aus der Hand.

Während ich mich am Straßenrand übergebe, höre ich ihn vor sich hin trällern.

Ein leichtes Kratzen lässt mich die Augen öffnen.
Der Rand des Stadtplans, der Pariser Westen, streift meinen Schenkel.
Ich beobachte die Fläche des Bois de Bologne, und plötzlich kommt es mir vor, als wäre dieser große, grünglänzende Fleck mit seinen augenblauen Seen lebendig und atmete im gleichen Rhythmus wie ich.
Ich stehe auf, Pardon, und steige mit einem großen Schritt über Paris hinweg.
In meinem Mund sammelt sich Speichel. Ich halte mir die Hand vor die Lippen.
Ich muss raus hier.
An der nächsten Station werde ich aussteigen und ein Taxi nehmen, und falls ich keins bekomme, gehe ich zu Fuß weiter, aber ich muss raus hier, und zwar schnell.
Ich stelle mich an die Tür, so nah ans Fenster, dass die Scheibe auf Höhe meines Mundes kräftig beschlägt.
Die Bremsen quietschen, der Tunnel wird heller, die Station kommt näher.
Mit der Hand auf dem Türriegel werde ich die Erste sein, die aussteigt. Ein plötzlicher Ruck, und paff, knalle ich mit der Nase gegen die Glasscheibe.
Au.
Ich halte mich an der Haltestange neben der Tür fest und setze mich auf den Klappsitz.
Nasenlöcher, Knorpel, Knochen, ich betaste meine Nase. Sie schmerzt, ist aber bestimmt nicht gebrochen. Ich lehne mich gegen die kühle Innenwand des Waggons.
Die Metro hat angehalten. Fahrgäste steigen aus, andere steigen ein. Ich rühre mich nicht.

Die Übelkeit ist verschwunden.
Wir fahren weiter.
Dieses Mal sitze ich in Fahrtrichtung. Ein sanftes Schlingern.
Ich hole mein Handy raus. Nur noch zwei Balken Empfang, als wir in den Tunnel eintauchen.
Wenn irgendetwas passiert wäre, hätte Pascale mich angerufen.
Ich starre einen Moment lang auf die winzigen Striche, Punkte beinahe, und das Display schaltet auf Standby.
Dunkelheit.

Ein Schlag gegen das Knie lässt mich aufspringen. Ein Rollkoffer. Mehrere Stationen liegen hinter uns, und der Waggon hat sich gefüllt, ohne dass ich es bemerkt habe. Vielleicht bin ich eingeschlafen.
Ich stehe auf, der Sitz klappt hinter mir hoch.
Plötzlich kommt mir meine Nase glühend heiß vor. Wenn sie so heiß ist, muss sie auch rot sein. Und geschwollen.
Ich habe keinen Spiegel in der Tasche. Vorhin bin ich so schnell aufgebrochen, dass ich nichts mitgenommen habe.
Ich erkenne mich schemenhaft im Metall der Haltestange. Der verchromte Zylinder wirft mir das Zerrbild eines riesigen Zinkens zurück.
Ich lächle.
Nach meinem ersten Fernsehauftritt hat mein Vater mich angerufen. Er gratulierte mir und meinte, falls ich mir jemals die Nase richten lassen wolle, würde er mir *gerne* die Operation bezahlen.

Ich biege als Erste in den Gang zu den Anschlusszügen ein. Ich rieche schon den Kaffeeduft von dem Getränkeautomaten, da hinten rechts. Ich renne fast. Heute Morgen hatte ich keine Zeit, etwas zu mir zu nehmen. Kleingeld habe ich bei mir.

Kaffee. Groß. Mit Zucker.

Er ist kochend heiß, ich trinke ihn später.

Die Metro kommt. Ich setze mich.

Ich schaue mich um. Sehe Männer in Shorts, Frauen mit nackten Armen und denke an meine eigenen, die in den langen Ärmeln eines schwarzen Wollpullovers stecken, den ich zufällig gegriffen und eilig übergestreift habe.

Sofort wird mir zu warm.

Und beim bloßen Anblick des dampfenden Kaffees wird mir noch wärmer.

Na los, ich trinke ihn in einem Zug aus.

Je mehr der Becher sich leert, desto stärker brennt mein ganzer Körper – Mund, Speiseröhre, Magen, bis zu den Beinen.

Ich schwitze auf das Kunstleder des Sitzes.

Unvermittelt steht die Frau neben mir auf.

Ist es wegen der Hitze, die ich verströme?

Das Handy liegt feucht und rutschig in meiner Hand.

Meine Schwester wird mich nicht anrufen, da bin ich mir sicher.

Es gibt Dinge, die sie mir niemals am Telefon verkünden, Worte, die sie niemals aussprechen würde, den Apparat am Ohr und die Lippen ins Leere gerichtet.

Sie wartet, bis ich da bin.
Ich werde sie im Gang der Notaufnahme auf mich zukommen sehen.
Sie wird nichts sagen müssen. Ich werde ihren leicht geneigten Kopf und ihr schwaches Lächeln sehen und verstehen.
Ich werde sie in den Arm nehmen, ihren schmalen, festen Körper an mich drücken, und wir werden zusammen weinen.
Ich stehe auf.
Der Tunnel weitet sich. Das Tageslicht überströmt alles.
Die Linie fährt jetzt oberirdisch.
Endlich an der Luft.
Eine sanfte Kurve, und die Metro rollt zwischen den rotgefärbten Bäumen dieser ersten Herbsttage hindurch.
Nur noch zwei Stationen.

Ich überquere den Boulevard, eine kleine Straße, eine weitere, noch einen Boulevard. Ich bin fast da.
Ich biege in die Rue du Faubourg Saint-Jacques.
Eine riesige graue, fast silberne Steinmauer voll wilden Weins und Efeus säumt den Bürgersteig auf einer Länge von fast dreihundert Metern. Die oberen Äste eines großen Baumes überragen sie, von dort kommt das Lärmen kleiner Vögel.
Ein leichter Wind ist aufgekommen.
Die Luft dringt durch die Maschen meines Pullovers und streichelt meine Haut.
Unwillkürlich schließe ich die Augen.
Ich lehne mich an die warme Mauer.

Meine Finger spreizen sich auf der rauen, staubigen Steinoberfläche.
So verharren. Sich nicht mehr regen.
In der Ferne höre ich eine Sirene. Sie kommt näher.
Das Geräusch schwillt an. Schwillt an bis zum Lärm, als ein Rettungswagen direkt an mir vorbeifährt.
Das Gepiepse hat aufgehört.
Los. Gib dir einen Ruck.

Pascale sitzt im Wartezimmer, schreibt eine SMS auf ihrem Handy.
Ich umarme sie. Sie riecht gut.
Die Krankenpflegerin meiner Mutter hatte sie benachrichtigt. Nach dem Aufwachen konnte unser Vater nicht aufstehen. Seine rechte Körperseite war wie tot. Und er konnte kaum sprechen.
Pascale hat sich sofort ins Auto gesetzt und dabei den Rettungsdienst angerufen. Der ist dann ziemlich schnell gekommen und hat meinen Vater gleich hergebracht. Sie ist hinterhergefahren.
So war's.
Mehr weiß sie im Moment nicht.
Jetzt heißt es warten.
Ein alter Mann schläft, quer ausgestreckt auf einer Sitzreihe.
Manchmal flackert das Neonlicht leicht.
Es gibt nichts zu lesen, nur einige alte Ausgaben eines Seniorenmagazins. Wir könnten uns am Krankenhauseingang Zeitungen besorgen, aber nein, Pascale und ich, beide rühren wir uns nicht.

Wir warten, die Augen auf die breiten, undurchsichtigen Plastikstreifen der Türschleuse geheftet. Ab und zu öffnen sie sich für einen Arzt, eine Krankenschwester oder Krankenträger.
Die Fliesen sind grau und beige.
Es dauert.
Meine Schwester trägt eine leichte Bluse, die ihren Hals freilässt. Ich könnte mein Gesicht dort vergraben und so verharren, um ihren Duft einzuatmen. Endlich, man holt uns ab.

Allein in einem großen, beinahe leeren Zimmer und an unzählige Geräte angeschlossen, wirkt mein Vater winzig.
Als er uns sieht, versucht er sich aufzurichten. Sein linker Arm reckt sich nach den Metallstreben des Bettes.
Seine Haut unter den Elektroden ist gebräunt. Vor ein paar Tagen ist er aus Ischia zurückgekommen.
Er schlottert.
Pascale holt eine Decke.
Von beiden Seiten des Bettes decken wir ihn zu.
Er sagt immer wieder, er verstehe nicht, was los sei.
Er spricht mühsam. Bei jedem »P«, das er formt, bildet sich ein Speichelbläschen und zerplatzt auf den Lippen.
»Und das hier.« Mit der linken Hand, an der die Infusionsnadel hängt, hebt er den rechten Arm hoch und lässt ihn wieder fallen.

Er bedeutet uns zu gehen.
Bist du sicher, dass wir nicht bleiben sollen?
Das bringt doch nichts.

Er schließt die Augen.
Seine leblose rechte Hand ist mit dem Handteller nach oben liegen geblieben. Eine Schildkröte auf dem Rücken.
Bevor ich hinausgehe, drehe ich sie herum.

Kein Arzt ist zu sprechen. Eine Krankenschwester meint, es sei wohl ein Schlaganfall. Wir würden später mehr erfahren.
Am frühen Nachmittag wird er in die neurologische Abteilung des Sainte-Anne-Krankenhauses verlegt.
Pascale fährt als Erste hin. Ich komme später.

Er ist wütend. Er hat ein Doppelzimmer und im anderen Bett liegt ein *Greis*. Obendrein hat er nichts zu essen bekommen und stirbt vor Hunger.
Ich mache ihn darauf aufmerksam, dass sein Sprechen besser geworden sei.
Er schweigt.
Ich hole dir ein Stück Kuchen.
Nein. Was Salziges.

Ich nehme ein Sandwich mit Räucherlachs, Frischkäse und Schnittlauch auf ziemlich dunklem, saftigem Brot.
Ich lege es meinem Vater in die linke Hand, ich muss seine kraftlosen Finger um das weiche Brot schließen.
Er beißt sofort mitten hinein, da, wo der Belag besonders dick ist.
Schmeckt sehr gut.

Die Herbstsonne scheint ins Zimmer. Aus dem Garten von Sainte-Anne dringt das Geschrei spielender Kinder herauf.

Ich hatte vergessen, dass Samstag ist.
Mit halb geschlossenen Augen kaut mein Vater immer langsamer, dann fällt seine Hand wieder runter.

Ich wische ihm den Mund ab und lege das Sandwich auf den Nachttisch.
Er ist eingeschlafen.

Er schläft noch immer, als man ihn in die Radiologie bringen will. Die Krankenträger lassen ihn schlafen. Sie rollen sein Bett aus dem Zimmer hinaus und schieben es zum Aufzug.

Bing. Die Türen gehen zu. Mein Vater verschwindet.
Ich bleibe einen Moment lang reglos auf dem Treppenabsatz stehen.
Vor etwa zehn Jahren, als er gerade für eine dreifache Bypass-Operation runter in den OP-Bereich gebracht wurde, hatte ich seinen Blick aufgefangen, der auf einem Pflegehelfer lag. Er sah, dass ich es gesehen hatte, und beide brachen wir in Gelächter aus. Noch als er jenseits der Flügeltür zur Chirurgie war, konnte ich ihn lachen hören.

Die Untersuchungen werden lange dauern; es ist sinnlos, hier zu bleiben und zu warten, die Krankenschwestern werden Pascale oder mir Bescheid geben.
Ich wickele den Sandwich-Rest wieder in die Frischhaltefolie und lasse ihn in meine Tasche gleiten. Ich werde ihn später wegwerfen. Draußen. Der alte Mann vom Nachbarbett kommt aus dem Badezimmer. Ich helfe ihm, sich wie-

der hinzulegen. Er streift seine Pantoffeln ab. Seine Füße sind blasslila.
Er erholt sich von einem Schlaganfall. Er spricht ganz normal und kann sich uneingeschränkt bewegen. Er fühlt sich nur noch sehr schwach.
Wenn dieser Mann mit der marmorierten Haut sich davon erholt hat, dann müsste mein Vater sich auch erholen.
Er hat sich übrigens immer von allem erholt: von einer Infektion mit einem Krankenhauskeim, die ihn nach seiner dreifachen Bypass-OP für Wochen auf die Intensivstation brachte, von der Entfernung seiner Milz, einer Rippenfellentzündung, einer Lungenembolie und sogar von dem Angriff mit einem Revolverkolben, der ihn zu Boden streckte und ihn eine Nacht lang mit zertrümmertem Schädel auf menschenleerer Straße zurückließ.
Jedes Mal, wenn er so eben wiederhergestellt war, fuhr er weit weg, so weit wie nur irgend möglich, hätte man meinen können.
Und dann, zehn, vierzehn Tage, manchmal drei Wochen später, kam er von seiner Reise zurück, mit rundem Gesicht und in Hochform.

Vorhin im Sonnenlicht dieses schönen Nachmittags hat der gelbe Stoff des Krankenhaushemdes seine gebräunte Haut betont.
Auch dieses Mal noch wird er sich erholen, da bin ich mir sicher.

An der Bushaltestelle krame ich in meiner Tasche nach der Navigo-Karte. Ich fühle das glatte, weiche Sandwich unter den Fingern. Ich könnte es hier entsorgen, im hellgrünen Müllsack der Stadt Paris, ich müsste nur den Arm ausstrecken. Aber ich rühre mich nicht.

Zu Hause angekommen, räume ich es in den Kühlschrank.

Spätabends ruft Pascale an. Sie hat gerade mit dem Assistenzarzt der Station gesprochen. Bei den Untersuchungen hat man einen Hirnschlag und Aneurysmen an der Halsschlagader festgestellt.
Was bedeutet das? Lässt sich das behandeln?
Man muss die Entwicklung abwarten. Morgen wissen wir mehr.
Bis dahin versuch zu schlafen.
Du auch.

Ischämie, Aphasie, Ataxie, Dysarthrie, Hemiparese, Hemiplegie rechts, linker Hirnlappen, ich verliere mich darin, die Wörter verschwimmen. Ich schalte den Computer aus.
Meine Augen brennen, sie sind so trocken, dass das kleinste Blinzeln weh tut.
Ich gehe ins Badezimmer.
Es ist vier Uhr morgens. Ich trage die Kontaktlinsen seit fast zwanzig Stunden. Das ist viel zu lange.
Ich versuche sie herauszunehmen, bekomme sie aber nicht einmal zu fassen, so kleben sie an der ausgetrockneten Hornhaut.
Ich kann das so nicht lassen.
Ich durchforste den Badezimmerschrank nach Augentropfen oder einer physiologischen Lösung.

Endlich finde ich ein winziges Fläschchen.
Ich lege den Kopf in den Nacken und träufle ein, zwei, drei, vier, fünf künstliche Tränen an den Rand der Augenlider.

Er hat schlecht geschlafen. Er hat nicht gewusst, wo er war. Er hat große Angst bekommen. Er meint, er habe geschrien.
Der alte Mann mit den blasslilafarbenen Füßen beruhigt mich: Ein- oder zweimal hat er meinen Vater vor sich hin murmeln hören, das ist alles.
Die Nachtschwestern haben nichts Außergewöhnliches gemeldet.

Der Oberarzt empfängt Pascale und mich in einem winzigen Büro. Er ist sehr jung und sehr dünn. Wir setzen uns auf Klappstühle.
Er öffnet eine graue Akte und blättert darin. Ich erkenne eine lange Graphik mit großen Ausschlägen, bestimmt das Elektrokardiogramm meines Vaters. Und die bläulichen, auf appretiertem Papier abgezogenen Röntgenaufnahmen seines Gehirns.
Der junge Mann seufzt.
Bei der Visite heute Morgen wurde festgestellt, dass sich die motorische Beeinträchtigung der rechten Körperhälfte verschlimmert hat.
Im Übrigen ist der untere Bereich der für die Motorik zuständigen Hirnrinde des Frontallappens geschädigt.
Was bedeutet das?

Das ist jener Teil des Gehirns, der fürs Sprechen, Kauen und Schlucken zuständig ist.
Anders gesagt, der Patient, mein Vater, wird bald – in einigen Stunden, in einem Tag oder höchstens zwei – nicht mehr sprechen oder Nahrung zu sich nehmen können.
Aber ist das unumkehrbar?
Er steht auf.
Die nächsten Tage sind entscheidend. Aber im Alter Ihres Vaters – immerhin achtundachtzig – und mit seiner Vorgeschichte …
Er lächelt freundlich.
Wissen Sie, es gibt immer wieder Überraschungen, positive Überraschungen.
Pascale ist ganz bleich. Ich lege den Arm um ihre Schulter.
Der junge Mann wartet ab. Der Raum ist so klein, dass er die Tür nicht öffnen kann, solange wir die Stühle nicht wieder zusammengeklappt haben.

Und Claude?
Er will seine Frau sehen, unsere Mutter.
Mach dir keine Sorgen. Wir holen sie nachher her.
Wenn es ihr gut genug geht.
Er schafft es zu lächeln, lacht beinahe.
Meine Mutter leidet an Parkinson, begleitet von einer tiefen Depression, die sie seit vielen Jahren lähmt.
Ganz gleich, was wir ihr vorschlagen – spazieren gehen, auswärts zu Mittag essen oder sie einfach nur besuchen kommen –, ihre Antwort lautet immer: »Wenn es mir gut genug geht.«
Das bringt meinen Vater jedes Mal zum Lachen.

Daniel, Micheline, Alice, Henry, Rosine ... er zählt alle ihm nahestehenden Personen auf, die benachrichtigt werden sollen.
Er will uns unbedingt ihre Telefonnummern geben, er kennt sie auswendig.
»01...«
Er zieht die Augenbrauen hoch, fasst sich an die Stirn.
Er wiederholt: *Null eins*.
Das ist alles, woran er sich erinnert. *Null eins*.
Er stößt einen langen Seufzer aus. Sein Mund bleibt halb offen, seine Hand fällt zurück.
Er schließt die Augen.

»Dein Vater sieht gar nicht so schlecht aus.«
Ich habe meine Mutter untergehakt, Sylvia, die Krankenpflegerin, stützt sie auf der anderen Seite. *Linker Fuß, gut so. Rechter Fuß*. Wir verlassen das Zimmer meines Vaters, während Pascale und ihre Kinder hineingehen. Wir bewegen uns langsam Richtung Wartesaal, ein verglastes Rechteck zwischen Treppenabsatz und Flur. Auf jeder Seite eine Reihe am Boden festgeschraubter Stühle, in den Ecken eine Grünpflanze, in der Mitte ein Couchtisch.
Ein Paar und ein sehr junger Mann sitzen mit dem Gesicht zur Tür. Alle drei haben gerötete Augen. Vorhin habe ich sie im Nebenzimmer meines Vaters gesehen, am Kopfende einer langen, reglosen Gestalt.
Meine Mutter möchte nach Hause fahren, um ihre Medikamente zu nehmen. Sylvia wedelt mit einer bunten Pillendose vor ihren Augen herum. Sie sind hier, sehen Sie?
Meine Mutter setzt sich hin, ganz starr.

Sylvia greift auf dem Couchtisch nach einem Kreuzworträtselheft voller Eselsohren.
Grummelnd blättert sie darin. Alle Kästchen sind bereits ausgefüllt. Bleistift, Filzschreiber oder Kuli, auf jeder Seite verschiedene Schriften.
Am Zweig einer Pflanze glitzert ein Stück einer alten Christbaumkugel.
Vor sieben Jahren, als mein Vater sich nach der dreifachen Bypass-Operation eine Infektion geholt hatte, bin ich am Abend des 31. Dezember zu ihm gefahren, um ihm einen Kuss zu geben. Das war im Pitié-Salpêtrière. Das ganze Krankenhaus war geschmückt und voller Lichter. Aber im Zimmer meines Vaters auf der Intensivstation leuchteten nur die roten, weißen und grünen Lämpchen der Monitore, die ihn am Leben hielten.
Mir ist zu warm.
– Soll ich dir etwas zu trinken holen?
Meine Mutter antwortet nicht. Sie blickt starr vor sich hin.
Sylvia hat die Lider geschlossen und rührt sich nicht.
Das Paar und der junge Mann scheinen erstarrt.
Kein Laut mehr. Nicht die geringste Regung.
Ich halte den Atem an.
Nichts.
Die Stille macht mich zunehmend benommen. Erst schlafen die Beine ein, dann steigt es hoch. Und steigt.
Plötzlich spüre ich einen Blick.
Der Flur ist menschenleer, und hier im Wartesaal scheint mich niemand anzusehen.
Doch.

Auf Sylvias Schoß liegt das Kreuzworträtselheft, die Doppelseite in der Mitte aufgeschlagen.
Und dort, auf einem der Fotos, die das große Gitter illustrieren, sehe ich einen Lemuren aus Madagaskar mit seinem runden Gesicht und seinen großen gelben Augen mir zulächeln.
Ich lächle zurück.
Und strecke mich.
Sylvia schreckt auf.
Meine Mutter wird unruhig. »Meine Medikamente.«
Der junge Mann zieht die Nase hoch, ein komisches kleines, feuchtes Geräusch. In einer synchronen Bewegung dreht sich das Paar zu ihm hin. Sylvia schließt das alte Heft und legt es zurück auf den Tisch.
Noémie und Raphaël kommen aus dem Zimmer ihres Großvaters.
Sie weinen.
Ich drücke meine Nichte an mich. Ihr Schluchzen hallt in meinem ganzen Körper nach. Vor ein paar Tagen erst haben wir mit meinem Vater ihren elften Geburtstag gefeiert. Ich drücke sie ein bisschen fester. Ich streiche über ihre glatten, weichen Haare und atme den leichten Talggeruch ein. Wir bleiben so ineinander verschlungen, bis sich das Schluchzen beruhigt. Auf einmal lasse ich meine Hand fallen, sie gleitet ihren Rücken hinab, rutscht und baumelt gegen ihren Po. Ich fange von vorn an. Dieses Mal streifen sich unsere Hände. Noémie kugelt sich vor Lachen. Sie versucht sich von diesem weichen Ding zu befreien, das sich an ihre Schulter, ihren Arm, ihre Hüfte heftet.
Schschscht.

Pascale hat recht. Wir sind zu laut. Meine Nichte und ich sausen die Treppe hinab, die Sohlen quietschen auf dem Linoleum. Wir rennen über den Bürgersteig der Rue d'Alésia, sie flüchtet vor meiner Hand, ich vor ihrer.

Meine Mutter hat sich nach vorne gesetzt, Sylvia und die Kinder nach hinten.
Ich sehe, wie sich Pascales roter Wagen entfernt. Und verschwindet.

An diesem späten Nachmittag ist die Wohnung voller Licht. Ich rufe Serge in Los Angeles an. Ich werde ihn nicht in New York treffen können, wie wir es geplant hatten.
Soll ich früher zurückkommen?
Der Fenstergriff in meiner Hand ist fast heiß. Nein. Das ist nicht nötig. Es wird schon gehen.
Als Serge auflegt, ist Stille.
Ich werde eine CD einlegen. Eine Klaviersonate von Brahms, die mein Vater oft gespielt hat und deren erste Takte mich immer an ein Gewitter denken lassen.
Als junger Mann wollte er Pianist werden, aber sein Vater war dagegen, er drohte, *ihm den Unterhalt zu streichen.*
Meine Mutter hat mir erzählt, sie habe ihn manchmal weinen hören, wenn sie zusammen im Konzert waren. Lange Zeit glaubte sie, die Musik rühre ihn so, bis sie schließlich begriff, dass er dem Klavierspiel nachtrauerte.
Die CDs stehen in zwei Reihen. Die klassische Musik steht hinten. Um an sie heranzukommen, muss ich die Jazz- und Rock-CDs beiseiteräumen.
Die Box mit den Soloklavierwerken von Brahms in der

Einspielung von Julius Katchen ist noch originalverpackt. Doch ich meine sie schon einmal angehört zu haben.
Welche der drei Sonaten ist es? No. 1 in C, No. 2 in F sharp minor oder No. 3 in F? Ich kenne nicht einmal die englischen Bezeichnungen.
Als ich klein war, hat mein Vater mir Unterricht geben lassen. Das ging ein paar Monate, vielleicht ein Jahr, bis er mich bat, ihm etwas vorzuspielen. Ich erinnere mich nicht mehr, was dann passiert ist, aber am nächsten Tag hatte ich über 40° Fieber.
Ich bin lange krank gewesen.
Ich habe nie wieder ein Klavier angerührt.
Ich starre einen Moment lang auf Brahms' weißen Bart, auf das blaurote Decca-Logo.
Dann kommt die noch immer versiegelte Box wieder an ihren Platz hinten im Regal, hinter Rock und Jazz.

Es ist Monatsende. Die Krankenpflegerinnen meiner Mutter und die Rechnungen müssen bezahlt, die laufenden Angelegenheiten geregelt werden.
Bisher war es immer mein Vater, der sich um alles gekümmert hat.
Meine Mutter kann kaum einen Scheck ausfüllen.
Die Krankheit hat ihre Schrift immer zittriger werden lassen, ihre Unterschrift sieht jedes Mal anders aus. Und manchmal bringt sie die Zahlen durcheinander.
Unser Vater hat uns nie eine Vollmacht erteilt, das ist ihm wahrscheinlich nicht mal in den Sinn gekommen.

Er kann nicht mehr schreiben und wird bald nicht mehr sprechen können.
Es muss schnell gehen.
Ich rufe den Bankberater meiner Eltern an. Er weigert sich herzukommen. In diesem speziellen Fall muss die Vollmacht notariell beglaubigt werden.
Pascale gelingt es, den Notar zu erreichen. Er kommt morgen am späten Nachmittag in die Klinik.

Aus Diskretion ist der alte Mann mit den blasslila Füßen in den Wartesaal gegangen.
Der Notar schielt fürchterlich, mit seinen durch die dicken Brillengläser vergrößerten Augen sieht er aus wie ein riesiger Frosch.
Er hört schlecht. Man muss alles wiederholen. Mein Vater erregt sich, man versteht nicht mehr, was er sagt.
Der Notar brüllt ihm ins Ohr und spricht überdeutlich, als sei mein Vater taub.
Pascale und ich schauen uns an und stürzen dann gleichzeitig aus dem Zimmer. Auf dem Gang schluchzen wir vor Lachen.

Auch meine Mutter muss die Vollmacht unterschreiben.
Also los, wir steigen in den Mercedes des Notars. Er fährt schnell, klammert sich ans Lenkrad, die Nase an der Windschutzscheibe.
Wir haben keinen Schlüssel. Annie, die Nachtschwester, macht uns auf.
Das einzige Licht kommt aus der Küche. Der Rest der Wohnung ist in Dunkelheit getaucht. Meine Eltern lassen

nie Licht in den Räumen brennen, in denen sie sich nicht aufhalten.

Wo sind die Lichtschalter? Wir tasten umher. Weder Pascale noch ich haben hier je gewohnt.

Meine Mutter sitzt reglos am Küchentisch.

Sie hat noch nicht zu Abend gegessen. Eine halbe blaue Tablette und zwei weiße liegen vor ihr. Während der Notar ihr alles erklärt, blickt sie starr auf die Medikamente.

Vollmacht erteilt. Heute Abend ist ihre Schrift sauber, die Unterschrift deutlich.

Als wir gehen, will sie unbedingt aufstehen. Nicht um uns zu begleiten, sondern um das Licht auszuschalten.

Ich treffe mich mit Freunden im Restaurant.

Der Saal ist klein, die Lichter sind hell.

Der Wein schmeckt nach Rosenblüten.

Der Kellner stellt dicke Scheiben Brot, Butter und Wurst auf den Tisch.

Wann habe ich das letzte Mal etwas gegessen?

Ich habe zu viel getrunken. Ich nehme zwei Advil, werfe mich quer aufs Bett, das Gesicht in Serges Kopfkissen vergraben.

Ich komme zur gleichen Zeit an wie Pascale.

Unser Vater scheint hellwach zu sein. Aufgekratzt sogar.

Er will mit uns sprechen. Es ist wichtig.

Von beiden Seiten des Bettes beugen wir uns über ihn und hören zu.

Sein Gesicht verzerrt sich. Die Worte kommen immer mühsamer.
Wenn …
Wenn was?
Wenn …
»*Wenn ich einen Hammer hätte.*« Plötzlich erfüllt das Lied meinen Kopf, *Si j'avais un marteau*. Als ich klein war, hat mein Vater den Liedtext umgedichtet. Jedes Jahr vor meinem Geburtstag hatte er mir weismachen wollen, dass niemand – weder Cousins noch Freunde – zu meiner Geburtstagsfeier kommen würde. Dann sang er das hier:
Ich bin ja so allei-ei-ne
Und Gäste kommen kei-ei-ne
Da ist nur mein Papa
Und Mama, auch Schwesterlein ist da
Oh oh ohh – ist das nicht wunderbar?
Und wenn ich selber eingeladen war, redete er mir ein, ich hätte mich wohl getäuscht oder es falsch verstanden und man würde mich gar nicht erwarten.
Mir graute sowohl vor meinen Geburtstagen als auch vor denen anderer.
– Wenn mir irgendetwas …
Wenn ihm irgendetwas zustoßen sollte.
Die Anweisungen für seine Beerdigung liegen in der Wohnung im Tresor. In einem Briefumschlag.
Wir sollen ihn holen.
– Sofort.
Aber keine von uns beiden kennt die Zahlenkombination des Tresors.
Die drei Ziffern sind unsere Geburtstage und der unse-

rer Mutter. Sie sind drei Knöpfen zugeordnet. Der untere Knopf darf nicht verstellt werden.
In Ordnung. 1, 6 und 13. Das kriegen wir hin.
Erschöpft schließt er die Augen.

Es klappt nicht.
Wir hocken vor dem kleinen Tresor. Noch einmal drehe ich am linken Rädchen.
Bis zur 13.
Wieder nichts.
– Rutsch mal zur Seite.
Pascale ist wieder dran. Sie ist ganz rot; mir brennen die Wangen.
Wir sind zwei Einbrecherinnen. Jeden Moment wird der Alarm losgehen, und wir haben keine Zeit zu flüchten.
Als meine Mutter mit Philippe, ihrem Tagespfleger, von einem Spaziergang zurückkommt und die Tür ins Schloss fällt, springen wir auf, wie auf frischer Tat ertappt.
Noch ein, zwei Versuche, und Pascale hat es geschafft.

Das Gesicht zur Tür gewandt, hat er nach uns Ausschau gehalten.
Vor seinen Augen brechen wir den Brief auf. Ein einziges Blatt Papier, wenige Zeilen.
Er möchte in Elbeuf beerdigt werden, im Familiengrab.
– Bist du sicher, dass du nicht lieber mit Mama auf dem Friedhof Montparnasse sein möchtest?
Er verzieht das Gesicht. *Bloß nicht. Nicht mit ihren grässlichen Eltern.*
Lass uns weiterlesen.

Er wünscht sich keine spezielle Zeremonie, nur das Kaddisch soll gesprochen werden.
Er wird unruhig. Er will etwas hinzufügen.
Dass das Kaddisch in Paris gesprochen wird, vor der Abfahrt des Leichenwagens, damit die, die nicht mitfahren nach Elbeuf, trotzdem dabei sein können.
So. Das ist alles.
Sein Gesicht entspannt sich. Bis hin zum Lächeln.
Meine Töchter.

Die Chefärztin empfängt uns in dem kleinen Büro mit den Klappstühlen.
Die graue Akte ist dicker geworden. Sie blättert darin. Das rote Namensschild auf ihrer Brust hebt und senkt sich im Rhythmus ihres Atems.
Wir warten.
Mein Stuhl wackelt. An einem der Stuhlbeine fehlt eine Gummikappe. Ein Rest Klebstoff hängt noch daran, der jedes Mal »fft« macht, wenn er sich vom Boden löst.
Die Chefärztin schiebt die Akte beiseite.
»Der Befund ist nicht berauschend. Zusätzlich zum Schlaganfall und den Aneurysmen an der Halsschlagader …«
Ihre Stimme entfernt sich. Ich schaukle vor und zurück, »fft«, »fft«.
Venenthrombose, *Lungenembolie*, einzelne Wörter dringen zu mir durch.
– Lass das.

Pascales Hand liegt auf meinem Oberschenkel. Ich sitze still.
Die Chefärztin schließt die graue Akte.
– Mehr kann ich Ihnen im Moment leider nicht sagen.
Meine Beine sind so steif, dass ich kaum aufstehen kann.

Ich steige in Pascales rotes Auto. Sie startet den Motor, und der CD-Spieler geht an.
Ein Streichquartett. Beethoven?
Meine Schwester fährt sicher. Ich strecke die Beine aus.
Zwischen den beiden Sitzen steht eine fast volle Mineralwasserflasche, und in einer Art Ablage liegen eine Packung Kaugummis und zuckerfreie Bonbons.
Der Verkehr rollt flüssig, bald bin ich zu Hause.
Und wenn ich Pascale bitten würde, langsamer zu fahren und das Auto abzustellen? Aneinandergeschmiegt würden wir die Brahms-Sonate hören, die unser Vater oft gespielt hat. Meine Schwester würde wissen, welche.
Unser vereinter Atem ließe die geschlossenen Fenster beschlagen, und niemand sähe uns von draußen.
So würden wir verharren, zu zweit, geschützt vor allem.
Aber eine grüne Ampel folgt auf die nächste, und der Wagen hält bei mir an der Ecke.
Pascale hat es eilig, die Kinder warten auf sie.
Ein schneller Kuss und bis morgen.

Man hat ihn an Sauerstoff angeschlossen.
Er schläft.
Sein Gesicht hat alle Farbe verloren.
Unvermittelt öffnet er die Augen. Augen ohne Blick.

Ich bin mir nicht sicher, ob er mich erkennt.
Er schüttelt den Kopf, um sich von den dünnen Schläuchen zu befreien, die in seine Nase führen.
Ich befestige sie wieder.
Er hebt die linke Hand, um sie herauszureißen.
Ich halte seinen Arm fest. Er wehrt sich nicht.
Mein Vater hat keine Kraft mehr.
Seine Haut ist kalt. Die Sonnenbräune aus Ischia ist verschwunden.

Die ganze Nacht über hat der alte Mann mit den blasslila Füßen gehört, wie mein Vater versucht hat zu sprechen.
Kaum bin ich bei ihm, fasst er mich am Handgelenk. Er schaut mich mit weit aufgerissenen Augen an, immer noch dieser Blick, der nicht zu sehen scheint. Wortbrocken purzeln heraus: »ech« ... »zei« ... »fu« ... »ta« ... »fff«. Er sabbert, stark. Ich wische ihm den Mund ab und bitte ihn, zu wiederholen.
Langsam.
Noch mal. Und noch einmal.
Wie beim Glücksrad ergänze ich die Leerstellen nach und nach und begreife schließlich.
Sprechen die Zeitungen von der furchtbaren Katastrophe?
Er drückt mein Handgelenk.
– Du willst wissen, ob die Zeitungen davon sprechen, was dir passiert ist? Ist es das?
JA. Er hat fast gebrüllt.
Jäh steigen mir die Tränen in die Augen.
– Alle sprechen davon.
Er lässt meinen Arm los und stößt einen langen Seufzer aus.

Plötzlich entfährt seinem Hals eine Art Räuspern, ein Schwall Speichel fließt über sein Kinn, und er fängt an zu husten, immer stärker. Er wird ganz rot.
Ich laufe schnell jemanden holen.

Mein Vater kann nicht mehr schlucken. Man nennt das *Dysphagie*. Neben den Gerinnungshemmern und den Antibiotika hängt jetzt ein neuer durchsichtiger Beutel am Infusionsständer.
Lipidemulsionen, Glukoselösung, Aminosäuren und Spurenelemente sind ab sofort seine Nahrung.

Auf dem Flur begegne ich dem jungen Mann, der gestern herumschniefte, und dem älteren Paar. Ich erkenne sie kaum, so wie sie strahlen. Durch die einen Spalt offen stehende Tür des Nebenzimmers sehe ich die lange Gestalt, die gestern noch reglos dalag, mit halb hochgestelltem Bett in den Kissen liegen. Es ist ein ganz junges Mädchen.
Eine große Pralinenschachtel liegt auf ihrem Bett.

Ich öffne den Kühlschrank.
Auf der ersten Ablage, in Blickhöhe, liegt der Rest vom Sandwich meines Vaters.
Ich kann ihn nicht aufbewahren. Selbst gekühlt wird er verderben und schimmeln, der Lachs wird anfangen zu stinken.
Na los, ich werfe ihn weg.
Ich trete auf das Pedal des Mülleimers. Der Deckel hebt sich.

Durch die dünne, glänzende Folie erkenne ich den halbmondförmigen Kieferumriss meines Vaters in dem dunklen Brot.
Mein Arm erstarrt. Darunter, im dunklen Loch, der Abfall.
Ich kann nicht.
Ich nehme den Fuß vom Pedal, der Deckel fällt zurück, ein dumpfes »Dong«, das in der leeren Wohnung widerhallt.
Ich bleibe reglos stehen, das Sandwich in der Hand.
Und wenn ich es ins Tiefkühlfach lege? Da hält es sich.
Ich lege es flach auf eine Packung Vanilleeis.
Das wär's.

Es ist drei Uhr morgens. Die Nacht ist ruhig.
Die Uhren von Mikrowelle und Backofen tauchen die Küche in ein schwaches orangenes Licht.
Ich öffne das Tiefkühlfach, nehme das Sandwich, ein kleiner Eisblock in meiner Hand, und lege es in den Mülleimer.
Ich halte den Deckel fest. Er schließt sich langsam und lautlos.

Die dünnen Schläuche, die ihn störten, hat man durch eine Sauerstoffmaske ersetzt.
Als er mich sieht, zieht er die Augenbrauen hoch und murmelt etwas. Ich brauche ihn das nicht wiederholen zu lassen. Ich habe heute Nacht nicht geschlafen, bin schlecht frisiert und kaum geschminkt; ich weiß, was er gesagt hat: *Du siehst mies aus.*
Es geht ihm besser.

Jetzt ist auch Pascale da. Sie stimmt mir zu. Es geht ihm besser.
Das Telefon vom Bett nebenan klingelt. Der alte Mann mit den blasslila Füßen hebt ab.
Nein, er ist nicht allein, seine Töchter sind da.
Ich weiß nicht, ob mein Vater es gehört hat. Pascale und ich wechseln Blicke. Das ist bestimmt G. M., einer der Freunde meines Vaters. Mit dem er nach Ischia gefahren ist. Und der meinem Vater vor einem Jahr, kurz nach seiner Knieoperation, mehrfach Tritte gegen die Beine versetzt hat.
Als mein Vater mir die riesigen Hämatome zeigte, habe ich ihn angefleht, er solle Anzeige erstatten. Er hat sich geweigert.
Und sich weiterhin mit G. M. getroffen.

Er hat bestimmt bei meinen Eltern angerufen und mit dem Pfleger meiner Mutter gesprochen und so herausgefunden, wo mein Vater ist.
Und jetzt sitzt er lauernd in seinem Wagen in der Rue d'Alésia, die Augen auf den Eingang des Neurologie-Gebäudes geheftet, und wartet.
Wir gehen hinaus.
Nach einigen Schritten auf dem Gehsteig meine ich eine Autotür hinter mir zufallen zu hören. Vielleicht ist er das. Ich drehe mich nicht um. Ich will nicht sehen, wie seine große Silhouette auf das Krankenhaus zugeht, zu dem wehrlosen Körper meines Vaters.
Ich fahre nach Hause.
Die Putzfrau ist da gewesen. Ich laufe in die Küche. Der Mülleimer ist leer.

Der Oberarzt ist zufrieden. Er hat eine deutliche Verbesserung der Atmung festgestellt.
Außerdem hat sich die motorische Einschränkung nicht verschlimmert, und die Schluckstörungen scheinen abzunehmen.
– Wir behalten die Antibiotika-Therapie noch bei, um jegliches Risiko einer über die Atemwege übertragenen Lungenentzündung auszuschließen, aber insgesamt kann man sagen, dass es Ihrem Vater bessergeht.

Man hat ihm die Sauerstoffmaske abgenommen.
Ich gebe ihm einen Kuss. Das pikt.
Mein Vater hatte immer ein glattes Gesicht, nur im Urlaub kam es manchmal vor, dass er sich nicht rasierte. Damals glitzerten die dichten blonden Bartstoppeln in der Sonne.
Heute sind seine Wangen, die Mundpartie und das Kinn von kleinen gräulichen Flächen überzogen, die im Licht der Wandbeleuchtung noch matter erscheinen.
– Der Arzt sagt, es geht dir besser.
Sein Oberkörper zuckt ganz komisch. Er hat die Schultern hochziehen wollen, und nur die linke Seite hat sich bewegt.
– Das …
Er zeigt auf seine rechte Hand, die erhöht auf einem Kissen liegt, damit das Blut nicht stockt.
– Das geht nicht besser.
Ich betrachte seine Finger, seine Pianistenfinger, die jetzt rosafarben sind, leblose Würste. Chipolatas.
– Aber ja doch, du wirst sehen, auch das wird besser werden.
Ich lächle ihn an.
Er lächelt nicht zurück.

Ich lasse mich aufs Bett fallen. Ich habe meine Schuhe nicht ausgezogen. Dann eben nicht. Ich kann mich nicht mehr bewegen.

Das Klingeln meines Handys schreckt mich auf.
Es ist Serge. Er hat seine Rückkehr vorziehen können. Morgen wird er da sein, gegen Mittag. Ich nehme ein Bad und lege mich ins Bett. Sofort schlafe ich ein.

Rrrrrrrr. »Ich bin's.« Sein Gesicht erscheint in Schwarzweiß auf dem winzigen Bildschirm der Gegensprechanlage.
Er lächelt. Ich mache ihm auf. Vom Treppenabsatz aus höre ich, ganz unten, das Geräusch des Rollkoffers auf dem harten Boden des Hauseingangs.
Der Fahrstuhlknopf blinkt, die Seile schwingen, das Gegengewicht sinkt abwärts, die Kabine steigt auf. Ein, zwei, drei, vier, fünf Etagen, endlich öffnen sich die Schiebetüren.
Serge schließt mich in die Arme. Er riecht nach Eau de Toilette und Flugzeug. Seine Lippen schmecken nach Kaffee.
Ich schmiege mich an seinen großen Körper.
Er ist da.

Serge erzählt ihm von seiner Reise. Als er auf das Los Angeles County Museum of Art und dessen jüngste Erweiterung zu sprechen kommt, schüttelt mein Vater plötzlich heftig den Kopf.

– Was ist los?
Er antwortet mir nicht. Er schließt die Augen.
Vielleicht sagt er sich, dass er dieses neue Gebäude niemals sehen, dass er niemals wieder nach Los Angeles reisen wird.
Und dass er nirgendwo mehr hinfahren wird.
Mein Hals schnürt sich zu.
Wie er seinen Kopf schüttelt, ungläubig, voll Entsetzen.
Es kommt mir so vor, als schrie er, ohne einen Laut von sich zu geben.
Die Tür geht auf. Es ist eine Krankenschwester mit einer Nierenschale aus Metall, Mullbinden und einer großen Sprühflasche.
Wir gehen hinaus.
Serge ist ganz blass.
Wir fahren nach Hause.

Gleich wird uns die Chefärztin empfangen.
Pascale und ich setzen uns in den Wartesaal. Das alte Kreuzworträtselheft ist immer noch da. Ich schlage es auf.
Die Doppelseite in der Mitte ist herausgerissen.
Bestimmt hat ein Kind das Foto des kleinen lächelnden Lemuren behalten wollen.
Ich lege das Heft zurück auf den Couchtisch.
Plötzlich eilige Schritte, kurze Signale eines Piepsers und Türenknallen.
Ein Mann in Kittel und OP-Haube taucht im Wartesaal auf und bittet uns, noch ein wenig Geduld zu haben.
Durch die Glaswände sehen wir weitere Kittel und Hauben

aus dem Aufzug strömen, die eine Krankentrage schieben und im Gang verschwinden. Die Schwingtüren stehen noch nicht wieder still, als sie sich erneut vor der Trage öffnen. Wir können geradeso eine von einem Laken bedeckte Gestalt erahnen. Und »Bing«, fährt der Aufzug los.
Pascale ist blass.
Meine Hände zittern.
Mit einem Satz stehen wir auf.
Irgendwo haben sich wieder Türen geöffnet, Krankenschwestern laufen hin und her, man hört sogar Gelächter.
Vor dem Zimmer unseres Vaters sehen wir uns an.
Los, gehen wir rein.
Zwei Pflegehelfer haben ihn unter den Armen gepackt.
Und eins und zwei und drei. Geschafft. Sie haben ihn wieder aufgerichtet. Einer von ihnen fängt an ihn auszuziehen.
Sie werden ihn waschen.

Auf dem Flur macht das junge Mädchen aus dem Nebenzimmer im Krankenhaushemd ein paar Schritte und hält sich dabei am Geländer fest. Sie trägt neongrüne Flip-Flops.

Die Chefärztin teilt uns mit, dass mein Vater, wenn sich sein Zustand stabilisiert, in zwei oder drei Tagen von Sainte-Anne nach Broca verlegt wird, sobald ein Bett frei ist. Dort kann er bald mit der Rehabilitation beginnen.
Ob er je wieder wird laufen und seinen Arm bewegen können, wird allein die Zukunft zeigen.
– Seit seiner Knieoperation – sie ist etwa ein Jahr her – lässt sich mein Vater mit Antidepressiva behandeln.
– Dabei soll er natürlich bleiben, wir haben sogar vorgese-

hen, die Dosis zu erhöhen. In seinem Fall spielt die seelische Verfassung eine entscheidende Rolle.
Sie schließt die dicke graue Akte.
Zum letzten Mal wohl klappen wir die Stühle zusammen und verlassen das winzige Büro.

Heute Nachmittag bringen wir ihn nach Broca. Pascale bleibt bei ihm, während ich mich um die Entlassungsformalitäten kümmere.
Vor dem Schalter ist eine Schlange. Ich drehe die Krankenkassenkarte meines Vaters zwischen den Fingern hin und her. 1 20.07 27 ... Männlich, geboren im Juli 1920 im Département Eure.
Der 14. Juli. All die Geburtstage in den Sommerferien. Pascales Geschenke, die immer ins Schwarze trafen. Vor Jahren hatte sie ihm einen winzigen Milchtopf aus weißem Porzellan geschenkt und ich die ganze *Comédie humaine* in der Pléiade-Ausgabe. Die zwölf Bände sind verschwunden, doch der kleine Topf ist noch da, in der Innentür des Kühlschranks unserer Eltern.
Dieses Jahr habe ich ihm nichts geschenkt, sondern ihn ins Restaurant eingeladen. Unser Tisch stand etwas abseits, nah am Fenster. Die Nacht war noch nicht hereingebrochen, es war trüb.
Ich hatte einen phantastischen Rosé ausgesucht, einen Juli-Wein. Wir haben zusammen angestoßen. Und ich habe meinen Vater gefragt, was er über sein Leben denkt.
Auf ganzer Linie gescheitert.

Man muss einfach sagen, dass Mamas Tod mich niedergeschmettert hat.
Er hat einen Schluck Wein getrunken und einen Moment lang meinte ich, über dem beschlagenen Glas das verzerrte Gesicht eines Kindes zu sehen, das gleich in Tränen ausbricht.
– Wie alt warst du, als sie starb?
Einunddreißig.
Obwohl ich es haargenau weiß, vergesse ich es trotzdem immer wieder. Wenn er vom Tod seiner Mutter – *Mama* – spricht, meine ich immer einen kleinen Jungen reden zu hören.

Ich bin an der Reihe.
Aufenthaltskosten, Arztbericht, Abmeldebestätigung, alles ist zügig geregelt.
Draußen dröhnt ein Rasenmäher, Gärtner sind eifrig auf einer Rasenfläche zugange. Die Wege von Sainte-Anne riechen nach Gras und feuchter Erde.
»Tock«. Eine Kastanie fällt mir vor die Füße und springt aus der Schale. Ich hebe sie auf. Sie ist glatt und glänzend. Der weiße Fleck hat die Form eines großen Zehennagels. Ich lasse sie in meine Tasche gleiten.
Im Garten von Elbeuf gab es viele davon. Und Esskastanien gab es auch – kleine grüne Seeigel, an denen man sich die Finger stach –, meine Freundin Marion und ich schälten sie in unserem Versteck aus Blättern und Zweigen und aßen sie roh. Sie waren knackig und rau, manche Stücke blieben uns im Hals stecken. Wir klopften uns gegenseitig auf den Rücken, um sie runterzubekommen.

Ich gebe die Abmeldebestätigung im Schwesternzimmer ab und bedanke mich für alles.

Pascale hat alle Sachen unseres Vaters in eine Tasche gepackt.

Der Krankenwagen wird bald hier sein.

Der alte Mann mit den blasslila Füßen kommt aus dem Badezimmer. Ich erkenne die Spur des Kamms in seinen grauen Haaren. Er ist glücklich, morgen kommt er nach Hause.

Ich verabschiede mich von ihm.

Ich gehe ein letztes Mal am Wartesaal vorbei. Ein kleiner Junge sitzt dort ganz allein und zeichnet. Vielleicht hat er das Foto des Lemuren mitgenommen?

Der Aufzug braucht lange, ich nehme die Treppe.

Unten, beim Getränkeautomaten, stehen das junge Mädchen aus dem Nebenzimmer und der junge Mann ineinander verschlungen und küssen sich. Ihre Augen sind geschlossen. Ich lächle ihnen trotzdem zu.

Und verlasse Sainte-Anne.

Ich ging durch die Eingangshalle des Broca-Krankenhauses, die gerade umgebaut wird. Alles war von einer weißen Staubschicht überzogen, die noch dicker war als gestern. Der Staub hing wie Dunst in der Luft. Ich folgte den Spuren von Dutzenden Schuhsohlen auf dem Boden. Ich erinnere mich, in die großen Abdrücke eines Paars Tennisschuhe getreten zu sein – ich sehe das Zickzackmuster noch vor mir –, linker Fuß, rechter Fuß, bis zu dem einzigen Fahrstuhl, der während der Umbauarbeiten in Betrieb war. Wir waren viele, die dort warteten. Kurz bevor sich die Türen wieder schlossen, kamen junge Ärzte in weißen Kitteln angelaufen, mit Pappbechern in der Hand. Kaffeeduft erfüllte die Fahrstuhlkabine. Wir standen dicht an dicht.
3. Stock. Nachsorge / Rehabilitationszentrum der Geriatrie. Westflügel.
Am Ende des ellenlangen Flurs bin ich links abgebogen. Zimmer 386, 384, 382 und 380.
Ich fand, er sah besser aus. Man hatte ihn rasiert. Als ich mich über ihn beugte, um ihn zu küssen, erkannte ich den Duft seines Aftershaves. Seine Wangen waren weich. Am Rand der Nasenlöcher hing noch ein wenig Rasierschaum, weiß wie Schlagsahne. Als ich klein war, fand ich, seine Nase mit ihrer runden, glatten Form und den geweiteten Poren, in denen ich ganz feine Härchen entdeckte, sehe aus wie eine Erdbeere.

Mit der linken Hand nahm er meinen Arm, ohne ihn zu drücken.
Er sah mir direkt ins Gesicht.
– Ich möchte, dass du mir hilfst, Schluss zu machen.
Ich bin erstarrt. Er glaubte, ich hätte nicht richtig verstanden, denn er wiederholte, etwas lauter, *Ich möchte, dass du mir hilfst, Schluss zu machen.*
Noch nie seit seinem Schlaganfall hat er so deutlich gesprochen.
Ich sah, wie seine Hand meinen Arm losließ.
Sie fiel nicht herab, sondern blieb über dem Laken in der Luft stehen, die Finger leicht gespreizt, wie die Hand eines Pianisten am Ende eines Stückes, wenn der letzte Akkord noch nachklingt.
Er beobachtete mich, ich spürte seinen Blick, aber meine Augen waren auf diese derart blasse Hand geheftet, die zu schweben schien und auf der die Infusionsnadel mit dem Pflaster zusammen ein noch blasseres Kreuz formte.
Die Hand fiel herab. Ich blickte auf.
Mein Vater lächelte mich an. Ein richtiges Lächeln, ein Lächeln *wie früher*, mit strahlenden Augen und Lachfältchen rundherum. Ich senkte den Kopf und sah auf dem Boden meine Tasche stehen, schwarz auf grauem Linoleum. Ich griff nach ihr.
Die Stufen der drei Etagen flogen nur so vorüber.
Ich roch den frischen Gips in der Eingangshalle, und die großen Automatiktüren gingen vor mir auf.

Es dämmert. Ich muss lange umhergelaufen sein.
Haare und Kleider sind durchnässt, und mir ist Wasser in

die Schuhe gelaufen. In meiner Tasche ist ein Regenschirm, den ich nicht aufgespannt habe. Ich habe nicht einmal gemerkt, dass es regnete.

Ich bin in einem abschüssigen Garten, der von modernen Gebäuden überragt wird. Der Regen hat die abgestorbenen Blätter herabfallen lassen. Sie liegen überall verstreut.

Die Straßenlaternen gehen an. Ich begegne einem Paar. Der Mann trägt eine Einkaufstasche, aus der grüne Blätter ragen. Sellerie. Sie gehen nach Hause, sie werden das Abendessen vorbereiten. Es wird gut riechen.

Ich folge ihnen.

Es geht bergan. Eine dunkle gepflasterte Gasse. Einmal knicke ich um. Dort also wohnen sie. Sie schließen die Tür hinter sich. Drinnen gehen Lichter an.

Ich bleibe allein draußen zurück.

Mir ist kalt. Ich will nach Hause.

Ich mache kehrt. Wind ist aufgekommen. Die Bäume des Parks biegen sich im Wind. Blätter wirbeln umher. Es ist niemand mehr da. In der Ferne höre ich die Metro. Jetzt weiß ich, wo ich bin.

Ich erreiche den Boulevard, da ist ein Taxi. Es ist frei.

Ich lasse mich in den Sitz fallen. Der Wagen fährt los.

Mein Vater nimmt nie ein Taxi.

Ich zittere vor Kälte.

Ich bitte den Fahrer, die Heizung etwas höher zu drehen.

Im Radio läuft ein Beatles-Song.

Ich schließe die Augen.

Ein bisschen Olivenöl in die Pfanne, ich schneide eine Zwiebel und eine Möhre klein, drücke Knoblauch durch die Presse. Ich gebe Hackfleisch hinzu, dann die Tomaten.
Thymian, Rosmarin, Lorbeer. Und eine Stange Sellerie.
Die Soße köchelt. Serge entkorkt eine Flasche Wein.
In der ganzen Wohnung riecht es gut.

Serge schläft.
Ich habe ihm nichts erzählt. Noch nicht.
Ich wälze mich im Bett hin und her.
Ich könnte eine viertel Lexomil nehmen, der Schlaf käme, und ich sähe das Lächeln meines Vaters nicht mehr, mit dem Strahlenkranz aus Falten an den Rändern seiner leuchtenden Augen, sein Gesicht, das auf einmal wieder ganz rund geworden ist.
Vor einem Jahr, nach seiner Knieoperation, hatte er den Appetit verloren, er aß kaum noch und magerte zusehends ab. Ich bin mit ihm zum Psychiater gegangen. Nachdem ich dem Arzt den Grund unseres Besuches erklärt hatte, ließ ich die beiden allein. Mein Vater kam mit einem Rezept für ein Antidepressivum heraus, Athymil, zwei Tabletten am Tag.
Es regnete, wir warteten auf den Bus – ein Taxi zu nehmen kam nicht in Frage. Er drehte sich zu mir.
– Als ich mit dem Arzt allein war, habe ich ihm gesagt, wenn es nur nach mir ginge, würde ich jetzt Schluss machen.
Und er hat mich angelächelt, mit demselben Lächeln.
Fast triumphierend.

Als er das erste Mal *davon* sprach, lächelte er nicht. Ich war dreizehn. Ich stand immer früh auf, er auch. Eines Morgens beim Frühstück stellte er seine Tasse ab und schaute mir direkt in die Augen.

– Als ich gestern heimkam, war deine Mutter nicht da, ihr wart in der Schule. Die Wohnung war verlassen. Hätte ich eine Knarre gehabt, hätte ich mir das Hirn weggeschossen.

Über Wochen, Monate, Jahre hinweg sagte ich mir jedes Mal, wenn ich den Schlüssel im Schloss der Wohnungstür herumdrehte, dass ich meinen Vater zusammengesunken auf dem Sofa im Wohnzimmer finden würde, mit zerschossenem Kopf, überall Blut.

Ich schlage die Decke zurück, laufe ins Bad. Ich öffne die kleine grüne Dose und lasse ein Stäbchen Lexomil in meine Handfläche fallen. Ein viertel? Ein halbes?

Na los, ein halbes. Ich zerkaue es, damit es schneller wirkt, einen Schluck Wasser hinterher, und ich lege mich wieder hin.

Serge schnarcht leise. Einatmen, ausatmen, ich passe meinen Atem seinem an. Seine Ruhe durchströmt mich. Und seine Wärme.

Morgen habe ich einen Termin bei dem Stationsarzt, der für meinen Vater zuständig ist. Wir werden sehen.

Ich schließe die Augen.

Ich bin bereit für die Nacht. Bereit für die Albträume.

Ein richtiges Wartezimmer gibt es nicht, nur ein paar Stühle zu beiden Seiten des Ganges unter Korkpinnwänden, an

die man mit Reißzwecken Informationsblätter und Anzeigen geheftet hat.
Ich bin allein. Pascale ist in der Provinz unterwegs, um ein Musikfestival vorzubereiten.
Ich habe ihr nichts gesagt. Was hätte ich auch sagen sollen? »Papa hat mich gebeten, ihm zu helfen, Schluss zu machen«?
Ich wiederhole den Satz, er klingt seltsam. Was passt nicht zusammen? »Papa« und »Schluss machen«?
Geräusche von Schritten. Zwei Silhouetten tauchen am Ende des Ganges auf. Eine große und eine kleine. Ein Mann und eine Frau.
Guten Tag. Guten Tag.
Sie setzen sich mir gegenüber. Sie ist sehr viel jünger als er. Es sind Tochter und Vater, die gleiche Nase, die gleichen Augen, sie sehen sich ähnlich.
Sie flüstert ihm etwas zu. Er legt den Arm um sie. Sie lehnt sich an ihn.
Ich betrachte sie. Sie sehen mich nicht.
Mit geschlossenen Augen hat sie den Kopf an die Schulter ihres Vaters gelegt. Er drückt sie an sich, bewegt sich ein wenig, kaum merklich, als würde er sie ganz, ganz sanft hin- und herwiegen.
Er gibt auf sie acht. Sie ist geborgen.
Sie sieht winzig klein aus neben ihm.
Ich selbst war schon sehr früh größer als mein Vater.

Die Tür geht auf. Dr. H. bittet mich herein.
Sie ist jung und pummelig. Sie hat lange Haare und ein Lächeln im Gesicht.

Das Zimmer ist hell. An den Wänden hängen gerahmte Kunstdrucke, die Regale sind voller Bücher, und auf dem Schreibtisch steht ein Computer.
Die Akte meines Vaters ist blau.
Dr. H. stellt mir einige Fragen zum Gesundheitszustand meiner Mutter, zur finanziellen Lage meiner Eltern und zu ihrer Wohnung und notiert meine Antworten, indem sie auf einem Formular zügig die Kästchen ankreuzt.
– Wir müssen wissen, ob auf Dauer eine Unterbringung zu Hause in Betracht kommt.
Sie legt ihren Kuli aus der Hand.
– Aber noch sind wir nicht so weit.
Konzentriert blickt sie auf den Computerbildschirm.
– Gut, was die Behandlung angeht, machen wir fürs Erste mit den blutdrucksenkenden Mitteln Coversyl, Acebutolol und Loxen weiter und mit den Gerinnungshemmern natürlich. Und den Cholesterinsenkern.
Ihr Schreibtischstuhl dreht sich mir zu.
Sie hat eine gute Nachricht für mich: Mein Vater wird demnächst wieder feste Nahrung zu sich nehmen dürfen, in pürierter Form. Das wird ihm guttun. Er bekommt jedoch noch immer keine Flüssigkeit wegen des Risikos, sich zu verschlucken, aber geliertes Wasser darf er zu sich nehmen.
Sie lächelt.
– Sie werden sehen, das sieht aus wie Götterspeise.
Ich atme einmal tief durch.
– Mein Vater hat mir gesagt, er wolle *Schluss machen*.
Ihr Lächeln wird schwächer.
Sie weiß es. Er hat es ihr und auch dem Pflegeteam gesagt. Das beunruhigt sie nicht ernsthaft, sie ist solche Reaktio-

nen gewohnt. Sie hat entschieden, die Antidepressiva zu erhöhen: zusätzlich zum Athymil noch Rivotril vor dem Schlafengehen.
Sie setzt sich auf ihrem Bürostuhl zurecht.
– Aber ich will Ihnen nichts vormachen. Wenn Ihr Papa sich weigert zu kämpfen, wird es angesichts seines Allgemeinzustands und seines Alters nicht lange dauern.
Sie seufzt.
– Hoffen wir, dass die Antidepressiva schnell Wirkung zeigen. Und dann ist es wichtig, dass Ihr Vater sich umsorgt fühlt. Man muss ihm wieder Mut machen, nicht wahr?
Sie steht auf, gibt mir die Hand. Meine ist feucht und eiskalt.
– Machen Sie sich keine Sorgen, es wird alles gutgehen. Schließlich und endlich klammern sie sich alle ans Leben.

Das Mädchen schmiegt sich noch immer an ihren Vater, ihr Kopf ruht an seiner Schulter.
Ich öffne leise die Zimmertür.
Mein Vater schläft.
Mit leicht geöffnetem Mund macht er kleine kehlige Geräusche, »gha«, regelmäßig und ruhig.
Ich betrachte sein Gesicht.
Ich habe es noch nie so oft gesehen wie in der letzten Zeit.
Das Gesicht meines Vaters.
Jedes Mal, wenn sie ein Baby sah, sagte meine Mutter: »Es sieht aus wie André«, und fügte hinzu: »Eigentlich sieht jedes Baby aus wie André.«
Das lag natürlich an seinen vollen Wangen, dem fast kahlen Schädel, dem kleinen Mund, den blauen Augen. Und vor

allem an seiner Nase. Eine Nase, deren Knorpel weich geblieben zu sein scheint, eine unvollendete Nase.
Als ich klein war, wollte ich sie immer anfassen, aber das durfte ich nicht, weil es ihm weh tat.
Später erzählte mir mein Vater, die Rhinoplastik sei in den fünfziger Jahren noch nicht sehr fortgeschritten gewesen und die Operation wahnsinnig schmerzhaft.
Ich habe einige Fotos von ihm in jungen Jahren gesehen, mit einer großen, spitzen Nase. Ich hätte ihn nicht wiedererkannt.
Was für ein Mann wäre er gewesen, hätte er diese Nase behalten?
Ein klangvolleres »gha« als die anderen. Sein linkes Bein bewegt sich. Sein Gesicht ist verzerrt. Er reißt die Augen auf. Er sieht verängstigt aus.
– Papa, es ist alles gut, ich bin da.
Er starrt mich an, ohne zu blinzeln. Seine Lippen werden wieder rund.
Sein linker Arm streckt sich mir entgegen.
– Lass mich nicht im Stich.
Mir schnürt es die Kehle zu.
Ich möchte das Gitter dieses Bettes herunterreißen, die Injektionsnadel mit den durchsichtigen Spaghetti herausziehen und diesen alten Säugling in den Arm nehmen, seinen kahlen Schädel küssen, seinen kleinen Kopf, und ihn an mich drücken, bis er keine Angst mehr hat.
Ich werde dich niemals im Stich lassen.
Niemals.
Ich nehme seine Hand, seine Finger schließen sich um meine.

Ich harre bewegungslos aus, lange nachdem er wieder eingeschlafen ist. Ich will, dass mein Vater im Schlaf weiß, dass ich da bin und dass ich auf ihn achtgebe.

Pascale und ich rufen seine Freunde an, die Familie. Wir nennen ihnen die Etage, die Zimmernummer, die Besuchszeiten. Kein Kuchen, keine Pralinen, er kann noch nicht kauen. Blumen ja, wenn ihr wollt.
Unser Vater war immer gern *unter Leuten*. Abends war er fast nie zu Hause.
Er ging ins Kino, zu Vernissagen, ins Konzert, ins Restaurant und anderswohin, worüber ich nichts weiß. Manchmal kam er nicht nach Hause.
Am Abend vor seinem Schlaganfall hatte er einen Film gesehen, der gerade in die Kinos gekommen war, und in einem Restaurant zu Abend gegessen, das gerade neu eröffnet hatte.
Er wollte immer über alles Bescheid wissen. Er musste alles sehen, alles hören, alles probieren, vor allen anderen.
Vor mir.
Oft rief er mich morgens an. Seine erste Frage war: »Was hast du gestern Abend Schönes gemacht?«
Wenn ich einen neuen Ort oder ein Theaterstück entdeckt hatte, die er nicht kannte, oder mit jemandem zu Abend gegessen hatte, den er gerne kennengelernt hätte, spürte ich am Ende der Leitung eine verärgerte Stille. Das Gespräch war beendet. Er legte auf.

Armer André, es ist schrecklich, ihn so zu sehen.
Jean-Pierre, Micheline, Rosine, Michel und Françoise, alle kommen sie mit Tränen in den Augen aus dem Zimmer.
Zuerst freut er sich über jeden Besuch. Er hört sich an, was man ihm erzählt, alles ist in Ordnung. Aber wenn er dann sprechen will, kommen die Worte nicht heraus, oder sie purzeln durcheinander, und niemand versteht ihn.
Er weint dann fast.
Deshalb dienen Pascale und ich ihm abwechselnd als Dolmetscher. Wir studieren seine Mimik, lesen jede Lippenbewegung, lauern auf jeden kleinsten Laut.
Beide kennen wir unseren Vater so gut, dass manchmal eine einzige Silbe reicht, um seinen Gedanken zu erraten.
Die Dankbarkeit, die wir in solchen Momenten in seinen Augen lesen, sieht ihm so wenig ähnlich, dass sie uns fast unheimlich wird.

Pascale hat ihm sein Radio mitgebracht. Ich habe den Fernseher anschließen lassen. Ich merke, dass er nicht gut sieht. Er schließt sein rechtes Auge, verdreht seltsam den Kopf.
Wir versuchen es mit Brille. Ohne Brille. Es geht nicht.
Ich bitte um einen Termin beim Augenarzt.
Die Sehkraft meines Vaters hat sich kaum verändert. Das Problem hat mit seinem rechten Auge zu tun, das nicht speichert oder vielmehr *das Gesehene nicht zum Gehirn weiterleitet*. Das nennt man »halbseitigen Neglect«.
Neben dem Physiotherapeuten, dem Ergotherapeuten und

dem Logopäden braucht er von jetzt an auch einen Orthoptisten.

Er will keinen Besuch mehr.

Er weigert sich zu essen.

Da steht sein Tablett, ein beigefarbener Kloß, grünlicher Brei und ein blutroter Wackelpudding.
Ich führe den Löffel an seine Lippen, er dreht sich weg.
Na komm, gib dir ein bisschen Mühe.
Ich versuche es noch einmal. Er schüttelt den Kopf. Der Brei fällt auf sein Lätzchen.
Na los, ich bin sicher, so schlecht schmeckt es nicht.
Ich probiere. Igitt. Fleisch? Fisch? Schwer zu sagen.

Unser Vater ist ein Feinschmecker. Er braucht etwas Leckeres. Pascale, die sehr gut kocht, wird sich darum kümmern. Wir werden die Schalen in der Mikrowelle der Krankenschwestern erhitzen und uns mit dem Füttern abwechseln.

Hackfleischgratin, Lachs mit Kräutern, Kartoffelpüree, Karamellcreme, Mousse au chocolat, er isst noch immer nicht.

Dr. H. beschließt, die parenterale Ernährung wiederaufzunehmen. Ich verstehe »parentale Ernährung« und sehe die Eltern meines Vaters am großen Tisch im Esszimmer von Elbeuf sitzen, sehe meinen Großvater, wie er Jean-Louis, seinen jüngsten Sohn, der magersüchtig war, dazu zwingt, das Fett vom Pot-au-feu-Fleisch hinunterzuschlucken.

Von dieser Szene hat mir mein Vater im Juli bei unserem Abendessen im Restaurant erzählt. Er hat das Besteck abgelegt, den Teller weggeschoben.
Das gelbe Fett, die Tränen von Jean-Louis, der würgte und spuckte, die eisige Miene meines Vaters und Mama, die kein Wort herausbrachte; halbtot vor Angst vor ihrem Ehemann.
Mehr als siebzig Jahre später schaudert es ihn noch immer.

Heute ist es schön, goldenes Oktoberwetter.
Auf dem Treppenabsatz der dritten Etage stehen Rollstühle in einer Reihe. Es sind an die zehn Stühle, kleine mit einfacher Rückenlehne und zwei große mit Kopfstütze. Sie stehen hintereinander, in absteigender Reihenfolge, wie eine Familie riesiger Enten, die Eltern vorneweg.
Und wenn ich meinen Vater spazieren fahre?
Ich würde den Rollstuhl hinaus in die Sonne schieben. Ich wäre hinter ihm, würde nur seinen Schädel sehen.
Ich schließe die Augen und sehe ihn schon vor mir. Ich kann jede einzelne Sommersprosse ausmachen, jeden Fleck, jede Narbe. Ich weiß ganz genau, wo Haare wachsen und wo die Glatze beginnt. Die leichte Abflachung am Hinterkopf und, weiter unten, Richtung Nacken, aber oberhalb des Kragens, die Stelle, wo die Haut ein bisschen faltig ist.
Ich kenne den Schädel meines Vaters in- und auswendig.

– Aber Sie machen sich nicht klar, dass Ihr Papa zum Sitzen noch viel zu schwach ist. Man kann ihn nicht einmal mehr

als dreißig Prozent aufrichten – und ihn dann in einen Rollstuhl zu setzen …
Die Krankenschwester zuckt mit den Schultern.
– Wenn er auch nichts isst …

Im Zimmer ist es zu warm. Der Heizkörper ist siedend heiß.
Ich werde das Fenster aufmachen.
– Nein.
Ich dachte, er schläft.
Ich gehe zu ihm.
»Pfhhhhhh«, die Wechseldruckmatratze gibt Luft ab. Genug, um das Wundliegen zu verhindern?
Starr sieht er mich an. Ich lege ihm die Hand auf den Arm. Seine Haut ist kalt. Ich spüre den hervorstehenden Knochen des Handgelenks.
Mein Vater siecht dahin.
– Du kannst mich so nicht lassen.
Der Hals streckt sich, der Kopf hebt sich.
– Das …
Mit dem Kinn weist er auf seinen Körper.
– Das alles …
Plötzlich umklammert seine linke Hand das Metallgitter. Er richtet sich auf. Vor Anstrengung verzerrt sich sein Gesicht.
– Das bin …
Unsere Gesichter berühren sich beinahe.
– NICHT MEHR ICH.
Seine Worte zerplatzen vor meinem Gesicht in einem Schwall Speichel.

Sein Kopf fällt zurück.
Das bin nicht mehr ich.
Eine Träne taucht im Winkel seines Augenlids auf, läuft die Schläfe entlang und verliert sich neben seinem Ohr, da, wo er sich früher einmal *Favoris* hatte wachsen lassen, über die wir uns lustig machten.
Ich kann ihn so nicht lassen.
– Papa, was soll ich tun?
Seine Antwort kommt sofort. Wie aus der Pistole geschossen. Klar und deutlich.
– Ich muss unbedingt verschwinden.
Dieses Mal flüchte ich nicht.
Er schaut mich an. Ich schaue ihn an.
– Einverstanden.
Was kann ich ihm anderes sagen?
Er macht eine kleine schroffe Bewegung mit dem Kinn, eine Zustimmung.
Und mit einer ungeduldigen Handbewegung bedeutet er mir, ich könne gehen. Ich habe dich lange genug gesehen.
Mir bleibt einen Moment lang der Mund offen stehen.
Und ich lache auf.
He is back.

Ich bin draußen in der Sonne, an der Luft, im Licht, und spüre, dass auf meiner Wange, als kleiner feuchter Punkt, ein wenig Speichel meines Vaters zurückgeblieben ist, fein wie die Spur eines Kusses.

Zum Glück habe ich reserviert. Es ist noch früh, aber das Restaurant ist bereits voll besetzt. Pascale wartet auf mich an einem kleinen Tisch, etwas abseits.

Ein Kellner bringt die Karte. Ich wähle auf gut Glück eine Nummer aus der Sparte »Huhn«, meine Schwester nimmt Rind. Zwei Thai-Biere, bitte. Der Kellner entfernt sich.

Ich greife mir ein Paar Stäbchen, nehme sie aus der Papiertüte heraus, trenne sie, schlage sie aneinander, »klack, klack«.

– Hör auf.

Ich höre auf.

– Was wolltest du mir sagen?

Ich nehme die Papiertüte und rolle sie auf wie eine Tröte.

Pascale reißt sie mir aus der Hand.

– Das reicht jetzt, was ist los?

Ich verschränke meine Finger, um sie daran zu hindern, sich der kleinen Zahnstocherdose zu bemächtigen.

Meine Schwester schaut mir direkt in die Augen.

Ich muss es ihr sagen. Los.

– Papa hat mich gebeten, ihm zu helfen, Schluss zu machen.

Sie hat sich nicht bewegt, aber ihr Blick hat sich von mir abgewendet.

Meine Finger lösen sich, meine Hände fallen herab und bleiben reglos liegen.

– Und was hast du geantwortet?

– Dass ich einverstanden bin.

Ihre Augen füllen sich mit Tränen.

– Ich denke an Raphaël.

Mein Neffe leidet an einer schweren spastischen Lähmung und kann sich nur mit Mühe artikulieren. Von Anfang an –

er ist jetzt siebzehn Jahre alt – hat sich unser Vater so um ihn gekümmert, wie er sich nie um uns gekümmert hat. Er nimmt ihn jedes Jahr mit auf Reisen: USA, Indien, Kenia, Seychellen, Marokko, Italien; sie waren schon überall.
– Ich werde nichts ohne dich machen, ohne dein Einverständnis.
Sie richtet sich auf. In ihren großen schwarzen Augen sind keine Tränen mehr.
– Auf jeden Fall ist es seine Entscheidung. Es ist weder deine noch unsere.
Der Kellner bringt uns das Bier.
Wir trinken. Nach zwei Schlucken hält Pascale inne. Auf ihrer Oberlippe ist Schaum.
– Was soll das eigentlich heißen, *konkret*, ihm helfen, Schluss zu machen?
Fast wäre mir das Glas aus der Hand gefallen. Mir wird klar, dass ich mir diese Frage gar nicht gestellt habe.
– Ich habe keine Ahnung.
Ich muss total verdattert aussehen, denn sie lacht auf. Und ich auch.
– Wisch dir mal den Mund ab, du hast da Schaum, da …
– Du auch.
Wir wischen uns beide den Mund ab.
Und dann schauen wir uns in die Augen, meine Schwester und ich, und stoßen miteinander an.
Lechaijm. Auf das Leben.

Marions Wagen überholt mich. Sie wird direkt vor dem Krankenhaus parken. Mit ihrem Äskulapstab kann meiner Freundin nichts passieren. Als sie mich sieht, winkt sie heftig und läuft mir entgegen. Obwohl sie ein Kostüm trägt und sich sehr gerade hält und trotz des trockenen Geräuschs ihrer Absätze, die auf dem Gehsteig klacken, sehe ich den Jungen, der an ihr verloren gegangen ist und der immer auf Bäume kletterte, auf mich zukommen.
Lachend umarmen wir uns. Unter welchen Umständen auch immer, wir haben uns noch nie getroffen, ohne zu lachen.
Ich habe ihr am Telefon von der Bitte meines Vaters erzählt. Sie hatte ihn besucht, als er in Sainte-Anne war, und mit der Chefärztin gesprochen. Sie hatte mir damals bestätigt, dass die Diagnose *nicht berauschend* sei.

»André!«
Das Gesicht meines Vaters hellt sich auf. Er mag Marion sehr; und dass sie Professorin für Medizin ist, imponiert ihm.
Ich lasse die beiden allein.

In einer fensterlosen Nische, an der sich zwei Gänge kreuzen, hat man ein kleines Wohnzimmer eingerichtet. Es wird bereits von drei sehr alten Frauen genutzt, deren Rollstühle mit dem Rücken zueinander stehen. Zwei der Frauen dösen, das Kinn auf der Brust, die dritte summt, mit einem seltsam freudigen Ausdruck in den Augen.
Ich gehe lieber zum Treppenabsatz. Neben einem großen Fenster stehen ein paar Sessel und ein Couchtisch. Ich setze mich neben einen riesigen zylinderförmigen Aschenbecher.

Ich habe Lust auf eine Zigarette.

Seit sieben oder acht Jahren rauche ich nicht mehr, und jetzt auf einmal, beim Anblick dieses Aschenbechers, der keinerlei Geruch mehr abgibt, ist alles wieder da.

Die frische Packung, das Knistern der Plastikfolie, der leichte Widerstand des Pappdeckels, den man zum ersten Mal öffnet, und derjenige der Zigarette, die man greift und die, an die anderen gedrückt, nicht herauskommen will.

Und dann die Festigkeit des Filters zwischen den Lippen, der Tabakduft, der Geschmack des Papiers, die Flamme.

Und endlich der tiefe, tiefe Zug.

Ich habe ein Loch im Bauch, im ganzen Körper.

Ich brauche eine. Jetzt sofort.

»Ich habe dich gesucht.« Marion taucht vor mir auf.

Sie muss in dem Moment herausgekommen sein, als die Pflegehelferinnen kamen, um meinem Vater die Windeln zu wechseln.

Er war gelassen und hellwach. Sie fand, er artikuliere sich viel besser. Er hat ihr erklärt, er wolle Schluss machen, er sei über achtundachtzig und *das reiche jetzt*, und er hat sie gefragt, ob *sie etwas tun könne*.

– Ich habe ihm gesagt, ich würde ihn in meine Abteilung aufnehmen, falls sein Zustand sich verschlechtert, und dann würden wir weitersehen.

Sie lächelt mich an.

– Ah, das Wichtigste habe ich vergessen: der Stationsschwester zufolge isst er wieder.

Sie geht Richtung Aufzug.

– Los, komm, wir gehen in irgendeiner Nobelbar was trinken.

Vor dem Krankenhauseingang, wo sie geparkt hat, stehen zwei Ärzte und rauchen. Ich verharre einige Sekunden neben ihnen und atme den Rauch ihrer Zigaretten ein, und hopp, lasse ich mich auf den Ledersitz im Wagen meiner alten Freundin gleiten.

Sie fährt los.

Ich lehne meinen Kopf gegen die Nackenstütze. Ich schließe die Augen.

Mein Vater isst wieder.

Ich habe einen leichten Tabakgeschmack im Mund.

Ich glaube, ich nehme einen Whisky.

Serge schiebt seinen Teller fort.

– Ich verstehe nicht, wie dein Vater dich um so etwas bitten kann. Dich, seine Tochter.

Er steht auf, beginnt abzuräumen.

– Er tut es, gerade weil ich seine Tochter bin.

Das Besteck schlägt in der Spülmaschine heftig aneinander.

Ich versuche aufzustehen, meine Beine sind schwer. Ich habe mit Marion zwei Whisky getrunken und zum Abendessen Wein.

Das ist zu viel.

Seine Tochter.

In meinem Kopf dreht sich alles.

Wir waren in England. Bevor mein Vater mich zu dem College brachte, in dem ich den Juli verbringen würde, wollte er eine Cousine seiner Mutter besuchen, die er seit Jahren nicht gesehen hatte. Sie wohnte auf dem Land. Wir fuhren mit dem Zug.

Kaum hat mein Vater sich hingesetzt, schläft er auch schon ein.

Ein Bahnhof, der Zug hält, ein Pfiff, ein paar Stöße, wir fahren wieder an. Er macht die Augen auf. Hier müssen wir aussteigen. Zu spät. Der Zug hat den Bahnhof bereits verlassen. Er regt sich auf, brüllt mich an.

Wie in den meisten englischen Waggons zu dieser Zeit führt die Tür unseres Abteils direkt aufs Gleis. Mein Vater öffnet sie.

»Wir springen.«

Der Zug wird etwas schneller.

Mein Vater springt als Erster. Er fällt, »Aaaau«.

Ich klammere mich an die metallenen Haltegriffe.

Der Zug wird immer schneller.

Mein Vater brüllt mir zu: »Los! Spring, du Dussel.«

Ich kann mich nicht bewegen. Meine Beine sind schwer.

Entlang der Gleise sehe ich große Kiesel vorbeiziehen, Steine und Böschung.

Ich springe.

Die englische Cousine habe ich vergessen, aber ich erinnere mich an das leicht angestoßene Waschbecken im Badezimmer, die 90° heißen, brennenden Alkoholkompressen – ich glaube, ich habe geweint – und an die riesigen Verbände, die sie mir um Knie und Hände wickelte, während mein Vater pausenlos vor sich hin trällerte: »Das ist doch gar nichts! Nothing at all!«

– Erinnerst du dich, wie du mich in England mit zu Joyce Wreford genommen hast?
Seine Augen funkeln.
– Ja! Der Zug!
Er lacht.
Es geht ihm deutlich besser.

Ich betrete das Grand Palais, reiche der Kontrolleurin meine Einladungskarte. Wie immer beginne ich mit den horizontalen Reihen.
Gang A, Gang B, Gang C.
Ich biege in einen Gang ein, laufe bis zum Ende durch, biege in einen anderen ein, laufe bis zum Ende durch. Und so fort.
Ich gehe weiter, vorwärts. Man hält mich an, man wundert sich über die Abwesenheit meines Vaters. Ich erkläre die Situation. *Broca, 3. Stock, Z. 380* kritzele ich auf kleine Zettel. Betrübte Gesichter. Sagen Sie ihm doch bitte, dass wir an ihn denken.
Wieder A, noch mal B, ich bin den gleichen Weg noch mal gegangen, ohne es zu merken.
Gemälde, Zeichnungen, Skulpturen, Fotos, Videos, Installationen, alles verschwimmt.
Das geht so nicht.
Es ist das erste Mal, dass ich ohne meinen Vater auf der Internationalen Messe für zeitgenössische Kunst bin.
Ich sehe nichts, schaue kaum hin.
Wozu auch?

Normalerweise hätte ich ihn auf dem Handy angerufen. Er hätte mich sofort gefragt: »Hast du was Interessantes gesehen?«, und wir hätten uns vor dieser italienischen Galerie getroffen. Ich hätte ihm die kleine Skulptur von Richard Long gezeigt, da, an der linken Wand, zarte Abdrücke von getrocknetem Schlamm auf einem Stück Marmor. Er hätte mit den Schultern gezuckt: »Na klar. Ich kenne sie in- und auswendig.« Er hätte mich angelächelt, vergnügt, weil sie uns beiden aufgefallen war, und vielleicht noch vergnügter, sie als Erster gesehen zu haben.
Ich gehe näher ran. Der Stein sieht fast weich aus, und die Erde wirkt transparent und leicht. Wenn ich darüberpusten würde, flöge sie bestimmt fort.
Ich sehe alles verschwommen.
Ich will hier raus.
Ich renne Richtung Ausgang. Ein Mann taucht vor mir auf: »Gerade sagte ich mir noch, dass ich Ihren Vater noch gar nicht getroffen habe.« Ich entwische, ohne zu antworten.

– Hast du was Interessantes gesehen?
Er isst gerade zu Mittag, ein großes himmelblaues Plastiklätzchen um den Hals.
– Eine ganz kleine Skulptur von Richard Long.
Er lässt den Löffel fallen und fängt an, den Kopf zu schütteln. Immer schneller.
Diese schreckliche Bewegung.
Er hat die Augen geschlossen.
Ich lege ihm die Hand auf den linken Arm.

– Alle haben nach dir gefragt.
Er beruhigt sich ein wenig.
– Wer denn?
Ich nenne Namen, füge noch welche hinzu.
Sein Kopf bleibt ruhig.
– Ich habe deine Zimmernummer weitergegeben, die Etage, alles. Du wirst bald Besuch bekommen.
Er macht die Augen wieder auf.
Ich halte ihm den Löffel hin. Er isst weiter.
Am Schluss helfe ich ihm, die Schale Kompott auszukratzen.

Er kann endlich wieder Wasser trinken, aber nur Perrier, denn die Kohlensäure ruft beim Schlucken einen Reflex hervor, ein Zusammenziehen, das das Verschlucken verhindert.

Mein Vater schläft.
Sein linkes Bein liegt auf der Decke, es steckt bis zum Oberschenkel in einem weißen Stützstrumpf.
Ich müsste es am Knöchel fassen und etwas anheben, um an die Decke zu kommen und sie nach oben zu ziehen, aber ich bleibe wie angewurzelt stehen, unfähig, meinen Blick von diesem dünnen, leicht angewinkelten Bein abzuwenden, von diesem zarten Knie, auf dem der weiße Strumpf Striemen hinterlassen hat.
Ein Brautstrumpf.

Mein Vater macht die Augen auf, verzieht das Gesicht, als habe er einen schlechten Geschmack im Mund, und schläft wieder ein.
Ich will ihn nicht wecken. Ich breche auf.

Auf der Straße fährt langsam ein Coupé in Graumetallic vorbei, auf der Suche nach einem Parkplatz. Es könnte das Auto von G.M. sein. Ich erahne ein fahles Gesicht. Das könnte er sein. Schnell kehre ich um, renne den Bürgersteig entlang, die Schwingtüren öffnen sich, ich durchquere die Halle, der Aufzug ist nicht da, ich nehme die Treppe, ein, zwei, drei Etagen, den westlichen Gang, da ist das Zimmer meines Vaters. Er schläft immer noch. Ich hebe seinen Knöchel an, fasse die Decke und ziehe sie hoch, über seinen ganzen Körper, bis zum Kinn. Ohne ihn aufzuwecken, stecke ich die Decke um ihn herum fest.
Jetzt gehe ich.

Ich lese ihm einen langen *Le Monde*-Artikel über den anstehenden Verkauf der Sammlung Bergé-Saint Laurent vor, bei dem mein Cousin François Auktionator ist.
Er hört mir aufmerksam zu.
Er sieht wirklich besser aus.
Ich habe den Artikel zu Ende gelesen. Ich falte die Zeitung wieder zusammen.
– Ich bin gespannt, wie das ausgehen wird.
Ich zucke zusammen. Wir haben Oktober, und die Auktion findet Ende Februar statt.

In vier Monaten also.
Vielleicht heißt das, er denkt nicht mehr daran ...
– Glaub nur nicht, ich hätte es mir anders überlegt.
Er schaut mir direkt ins Gesicht.
– Ich nehme an, du hast dich *darum* nicht gekümmert?
Sein Gesichtsausdruck ist streng.
Ich senke den Blick.
Zum ersten Mal in meinem Leben fühle ich mich ihm gegenüber wie ein ungehorsames Kind.
Er war kein autoritärer Vater.
Er überflog meine Schulzeugnisse; seine Unterschrift – langgezogen, bei den guten, knapp, bei den weniger guten – war sein einziger Kommentar.
Als ich nach der Schule kein Hochschulstudium aufnehmen wollte, hat er mich nicht dazu gezwungen.
Er hat mich nie bestraft, ich habe ihm keine Gelegenheit dazu geboten. Als Jugendliche ging ich nie aus. Ich wog fünfundachtzig Kilo und verbrachte die Abende vor dem Fernseher.
Er hat mir nie etwas verboten. Im Gegenteil.
Wir kamen von einem Irland-Aufenthalt zurück. Ich war 15, ich war dick – *kolossal*, wie mein Vater sagte. Er zuckte mit den Schultern: »*Wenn ich daran denke, dass du nicht einmal in der Lage warst, dir einen Typen zu angeln.*«
Ich blicke wieder auf.
Die Augen meines Vaters fixieren mich. Verfolgen mich.
Hör auf. Lass mich in Ruhe.
Ein Sonnenstrahl erreicht das Zimmer, erhellt mit einem Mal den gelben Bezug eines großen Kopfkissens auf einem der Stühle.

Plötzlich wird mir zu heiß. Ich sollte das Fenster aufmachen. Aber ich rühre mich nicht.
Ich kann den Blick nicht von diesem Kopfkissen lösen, das, aufgebauscht und pausbäckig, im Licht zu atmen scheint.
Meine Finger verkrampfen sich.
Es wäre so einfach.
Die zarte Baumwolle, die weichen Federn. Eine Wolke. Du würdest nichts spüren.
So einfach.
Plötzlich wird das Zimmer dunkel. Der Sonnenstrahl ist verschwunden. Und ich erkenne nichts mehr, weder das Kopfkissen noch die Augen meines Vaters.
Meine Schultern entspannen sich. Ich atme leise aus.

Ich komme aus der Metro-Station. Der Platz ist immer noch genauso still, genauso hell. Ich gehe an der grünen Veranda des Antiquars vorbei und überquere die Straße an der ersten Ampel, gegenüber dem Tabakladen, in dem ich immer Zigaretten kaufte.
Das Wetter ist schön. Die Sonne wärmt mir den Rücken.
Ich erkenne die Gerüche des indischen Lebensmittelhändlers wieder.
Der Orthopädieschuhmacher, der Waschsalon mit dem Geruch nach Waschmittel und Weichspüler, die Tierklinik, nichts hat sich verändert.
Ich könnte diesen Weg mit geschlossenen Augen gehen.
Die Straße steigt an.
Ich gehe schnell.

Ich kann es kaum erwarten, seine Gegenwart und seine Ruhe wieder zu erleben, und das große friedliche Zimmer, in dem ich geborgen bin.

Ich spüre die Steigung in den Knien und den Oberschenkeln.

Irgendwann habe ich die Schritte gezählt, ich brauche 496, bis ich da bin.

Ich sehe mein Spiegelbild in der Schaufensterscheibe der großen Apotheke an der Ecke. Ich sehe schlecht aus.

Er wird sich bestimmt sagen, ich sei plötzlich gealtert.

Und er?

Am Telefon klang seine Stimme wie immer.

Die Bars mit geschlossenen Rollläden, die etwas triste Auslage des Briefmarken- und Stempelfabrikanten, die großen Clownsschuhe im Schaufenster des Schuhmachers, ein neues Restaurant. Und da ist es.

A2496. Ich gebe den Code ein. Vorher gab es den nicht.

»Dssss«. Es gab auch keine Gegensprechanlage.

Keine Concierge mehr, ihre Loge wurde zugemauert.

Sie hatte einen kleinen weißen Hund, der bellte, sobald er mich sah.

Er ist bestimmt tot, jetzt.

Die Rosenstöcke in dem schmalen Hof blühen noch.

Eine hohe Stufe, und ich betrete das winzige Wartezimmer.

Leises Murmeln dringt von jenseits der gepolsterten Tür zu mir herüber. Seine Stimme und die etwas weinerliche Stimme einer Frau.

Ich krame in meiner Tasche. Rouge, ein bisschen Lippenstift.

Als ich einen Lidstrich ziehen will, halte ich inne.

Nein. Keinen Lidstift, kein Mascara. Nichts.
In all den Jahren meiner Analyse bin ich nie mit geschminkten Augen zur Sitzung gekommen.
Falls ich anfangen sollte zu weinen.
Das Parkett knarrt, ein kurzes Hin und Her, und die Absätze der Frau klappern im Hof. Los, geh schon.
Jetzt bin ich dran.
Die Tür öffnet sich mit leisem Knirschen.
– Guten Tag.
Seine Haare sind ganz weiß.
Er lächelt mich an.
Sein gütiges Lächeln.
Ich erkenne seinen Händedruck wieder, warm und rasch.
Er weist mir nicht den Diwan, sondern den Sessel, der seinem gegenübersteht.
Und er schließt die Tür.

Eins, zwei, drei, und los. Es ist eiskalt. Ich bekomme keine Luft. Schnell, ein Sich-Bewegen, Um-sich-Schlagen, ich strample mit Armen und Beinen, es wird besser.
Ich tauche den Kopf unter Wasser. Ich sehe Felsen, dunkle Algen, Seeigel, ein paar kleine Fische.
Die Kälte legt sich mir wie eine eiserne Spange um die Schläfen.
Dann schwimme ich. Ich schwimme mit aller Kraft auf den hellen Sand zu, dort drüben, auf die offene See hinaus.
Ich bin allein. Es ist der 11. November, niemand badet.
Am Strand steht Serge und lässt mich nicht aus den Augen.
Ich gebe ihm ein Zeichen, dass alles in Ordnung ist.
Meine Arme, meine Beine spannen sich an. Ich strecke mich.
Ja, alles in Ordnung.
Das Wasser strömt meinen Körper entlang, es umspült mich, es wäscht mich und es nimmt alles mit sich, das gelbe Kopfkissen, die *kolossale* Jugendliche und den Schädel meines Vaters.

Der Zöllnerpfad ist zu schmal, um nebeneinander zu gehen. Anne geht schnell. Ich folge ihr. Sie springt über eine Pfütze, hopp, sie weicht einem großen Stein aus; die Augen auf ihre weißen Tennisschuhe geheftet, mache ich ihr alles nach.

Ohne sich auch nur umzudrehen, fragt sie nach dem Zustand meines Vaters.
Der Schlaganfall, die Depression, ich erzähle ihr alles.
An der Anspannung ihres Nackens und ihrer Schultern sehe ich, dass sie mir zuhört.
Er will, dass ich ihm helfe, Schluss zu machen.
Liegt es daran, dass ich ihn bei Sonnenuntergang ausgesprochen habe, auf diesem Weg, der nach Eukalyptus und Curry riecht? Zum ersten Mal kommt mir der Satz, mit seinem gleichmäßigen Rhythmus, melodisch vor.
ErWILLdassICHihmHELfeSCHLUSSzuMAchen.
Anne wird nicht langsamer. Ich bin so dicht hinter ihr, dass ich unter ihrem rechten Schulterblatt ein winziges zappelndes Insekt erkenne, das sich in den wollenen Fäden ihres himmelblauen Pullovers verfangen hat. Sie hält abrupt an. Beinahe wäre ich in sie hineingerannt.
Das Licht, fast rosafarben, lässt ihr Gesicht noch zarter erscheinen. Ganz nah höre ich das sanfte Plätschern des Wassers. Anne lächelt mich an.
– Es ist gut, dass du es mir erzählt hast.
Sie ist seit langem Mitglied in einem Verein, der sich für das Recht eines jeden Menschen einsetzt, über sein Lebensende selbst zu bestimmen.
– Ich werde dir helfen.

Wir kehren um. Es ist frisch geworden. Es wird Abend. In der Ferne erkennt man das Haus; in allen Zimmern brennt Licht. Wir sind eine große Runde.
Beim Abendessen wird es fröhlich zugehen.
Ich habe Hunger.

Er hat nichts angerührt. Das Essen ist kalt.

In meiner Abwesenheit habe ich Pascale jeden Tag angerufen, und jedes Mal hat sie mir gesagt, er esse gut.

– Hast du keinen Hunger?

Keine Antwort.

Irgendetwas stimmt nicht.

Als ich hereinkam, hat er sich weggedreht. Und er ist regungslos liegen geblieben, als ich mich vorgebeugt habe, um ihm einen Kuss zu geben.

Ich habe nicht darauf bestanden, ich bin stark erkältet und will ihn nicht anstecken.

Vielleicht ist er böse auf mich, weil ich fünf Tage verreist war?

Dabei hatte ich ihn vor meiner Abreise gefragt, ob ich bleiben solle, und seine Antwort war: »Im Leben nicht.«

– Was hast du? Was ist los?

Ich gehe um das Bett herum. Er dreht sich auf die andere Seite. Man könnte meinen, er wollte sein Gesicht verbergen.

– Papa, schau mich an.

– Lass mich.

Ich weiß nicht, was ich tun soll. Ich bleibe wie angewurzelt stehen, mit meiner triefenden Nase.

– Geh weg.

Ich werde gehen. Aber vorher nehme ich mir ein Kleenex vom Nachttisch und schnäuze mich.

Auf einmal ist meine Nase frei.

Und ich bemerke den Geruch.

Wieso habe ich das nicht früher gerochen?

Seit Stunden muss mein Vater in seiner eigenen Scheiße baden.

– Hast du nicht darum gebeten, dass man dir die Windeln wechselt?

Er antwortet nicht. Er weint.

Ich öffne das Fenster.

Meine Mutter sagte immer: *Es ist irre, wie sauber André ist.*

Als er während des Krieges Spanien durchquerte, um sich den Freien Französischen Streitkräften in London anzuschließen, wurde er gefasst und im Lager von Miranda de Ebro gefangen gehalten. Er hat mir oft erzählt, dass er sich dort die Ruhr eingefangen hatte und, weil es kein Toilettenpapier gab, beschloss, sich mit seinen letzten Geldscheinen abzuwischen.

Im Schwesternzimmer ist Mittagspause.

Wir werden Ihrem Vater später die Windeln wechseln.

Bevor ich wieder ins Zimmer trete, vergewissere ich mich, dass die kleine rote Lampe über der Zimmertür leuchtet.

– Bleib nicht hier.

Ich gehe zu ihm, lege ihm die Hand auf den Arm.

Ich werde nicht gehen.

Ich setze mich hin, zwischen Fenster und Bett.

Liegt es an meinem Schnupfen? Der Geruch ekelt mich nicht an.

Meine Eltern machten selten die Tür ihres Badezimmers zu.

Pascale und ich haben unseren Vater nackt in der Badewanne oder vor dem Waschbecken stehen sehen.

Manchmal sogar, wie er auf der Toilette saß.

Das störte ihn nicht.

Uns auch nicht. Glaube ich.

Ich habe mit meiner Schwester nie darüber gesprochen.

Ich höre Schritte auf dem Gang, sie entfernen sich.

Auch wenn es nichts bringt, drücke ich noch einmal auf den Rufknopf.
Niemand.
Auf dem Mittagstablett ist das beigefarbene Püree hart geworden.
Los, ich räume das alles weg.
Es reicht mir.
Ich stoße die Tür des kleinen Badezimmers auf. Ich mache das Licht an. Das Neonlicht flackert, dann geht es richtig an.
Etwas streift mich an der Wange. Es ist ein Gurt des Patientenlifters, der von der Decke baumelt.
Auf einem Plastikhocker liegt eine frische Windel.
Sie sieht riesig aus.
Der wattierte Teil im Schritt erinnert an eine riesige weiße Zunge.
Nein. Ich kann nicht.
Ich mache das Licht aus, schließe die Tür. Ich setze mich wieder hin.
Und wir warten.

Wir haben zwei Stunden gewartet.
Dr. H. bedauert diesen widrigen Umstand aufrichtig. Das Krankenhaus hat gegenwärtig mit gravierender Unterbesetzung zu kämpfen.
Aber ich solle mir nur keine Sorgen machen, sie werde persönlich darauf achten, dass so etwas nicht wieder vorkommt.

Zu Hause angekommen, schalte ich den Computer ein. Ich habe eine Mail von Anne. Sie hat sich mit der Vertreterin des Vereins in Verbindung gesetzt, meine Situation geschildert und ihr meine Telefonnummer gegeben.
Die Vertreterin wird sich bald bei mir melden.
Für den Bruchteil einer Sekunde sehe ich Pascale vor mir, im Thai-Restaurant, mit Bierschaum auf der Oberlippe.
– Und überhaupt, was soll das eigentlich heißen, *konkret*, »ihm zu helfen, Schluss zu machen«?

Ich starre auf die schwarzen Buchstaben, den weißen Hintergrund: *Die Vertreterin wird sich bald bei dir melden.*
Konkret.
Ich blinzele. Der Bildschirm blendet mich.
Ich schalte ihn aus.
Das rechteckige graue Dialogfeld erscheint.
Möchten Sie den Computer jetzt wirklich abschalten? Wenn Sie nichts tun, schaltet sich das System in 51 Sekunden automatisch aus.
Countdown.
Ich bleibe reglos sitzen.
Werde ich meinem Vater *wirklich* helfen, Schluss zu machen?
6, 5, 4, 3, 2, 1.
Null.

Ich richte mich abrupt auf. Im Zimmer ist es vollkommen still. Kein einziger Laut. Ich höre Serge nicht. Er schnarcht nicht. Und wenn er nicht mehr atmet? Auf dem Kopfkissen erkenne ich seine Haare, dunkler als die Nacht.

Er bewegt sich nicht.
Ich beuge mich über ihn, meine Wange an seinen Lippen.
Nicht der leiseste Hauch.
Ich berühre seinen Arm. Seine Haut ist kalt. Er bewegt sich nicht.
»Serge.« Ich rüttele ihn. »Serge«, ich schreie fast.
Endlich rührt er sich. »Was ist los?«
Ich antworte nicht. Meine Zähne klappern. Ich zittere.
»Du hast Fieber.« Seine Hand auf meiner Stirn ist kühl.
Er macht das Licht an, steht auf und kommt mit einem Glas Wasser und zwei Aspirin zurück. Ich schlucke sie.
Er legt sich wieder hin, drückt mich an sich.
Meine Kiefer beruhigen sich.

Die eiskalte Berührung des Stethoskops hat mich zusammenzucken lassen. Unser Hausarzt lächelte, wie immer. Er roch gut. Ich habe mir wahrscheinlich einen dieser Virusinfekte eingefangen, die im Moment umgehen, nichts Schlimmes. Ibuprofen, um das Fieber zu senken. Und Ruhe, Ruhe, Ruhe.

»Mmmm. Mmmm. Mmmm.« Ich schrecke auf. Mein Handy vibriert, blinkt. Auf dem bläulich pulsierenden Display wird eine unbekannte Nummer angezeigt.
Noch bevor ich abnehme, weiß ich, dass sie es ist.

Sie stellt sich vor, Éliane Jousseaume, von dem Verein.
Ihre Stimme klingt etwas traurig.

Ich stehe auf. Das Parkett unter meinen Füßen ist kalt.

Sie stellt mir Fragen.

Ich erzähle ihr alles: der Schlaganfall, die Depression und mein Vater, der sich nicht mehr wiedererkennt. *Das ist nicht mehr er.*

Ich bin zum Wohnzimmerfenster gegangen. Draußen ist es schon dunkel. Auf der anderen Seite der Straße sehe ich durch die Gardinen hindurch das flackernde Licht eines Fernsehers.

Éliane Jousseaume seufzt.

– Wenn ich es richtig verstanden habe, leidet Ihr Vater nicht *körperlich*? Er bekommt keine Schmerzmittel Stufe III, wie Morphium oder Fentanyl?

– Nein.

Stille tritt ein. Ich halte den Atem an. Sie wird mir sagen, es tue ihr leid, aber in diesem Fall könne der Verein mir nicht helfen.

Meine Hand ist so feucht, dass mein Handy mir beinahe herausgerutscht wäre.

– Wissen Sie, hier in Frankreich ist seit Vincent Humbert und Chantal Sébire alles viel komplizierter geworden. Vorher passierten diese Dinge einfach so, ohne dass ein Wort darüber verloren wurde, aber jetzt …

Drüben erscheinen auf dem Bildschirm ein paar Blitze. Vermutlich Gewehrschüsse.

Sie erklärt mir das Leonetti-Gesetz, die Novellierungen, die hinzugefügt wurden, und die Sackgasse, in der Ärzte und Patienten sich seither befinden.

– Um auf Ihren Vater zurückzukommen, wir werden hier wahrscheinlich nichts für ihn tun können.

Gegenüber folgt ein gleißender Blitz auf den anderen. Maschinengewehrsalven, Granateinschläge und Explosionen, denen die milchigen Vorhänge ein weißes Glühen verleihen.
– Sie werden in die Schweiz fahren müssen. Ich kann Ihre Kontaktdaten an einen Verein weitergeben, mit dem wir in Verbindung stehen. Die Frau, die sich um diese Fragen kümmert, ist wirklich außergewöhnlich, Sie werden sehen.
Auf der anderen Straßenseite haben die Verpuffungen aufgehört, der Bildschirm hat sich verdunkelt. Da muss überall Blut sein, zerfetzte Körper und eine beängstigende Stille, die nur durch das Stöhnen der Verletzten gestört wird.
– Machen Sie sich keine Sorgen. Ich bin auf jeden Fall für Sie da.
Plötzlich höre ich die Stimme meines Vaters. *Jedenfalls will ich unter keinen Umständen, dass diese Frau mit uns kommt.* Meine Beine zittern. Niemals schaffe ich es bis zum Bett.

Ich döse.
Ab und zu öffne ich die Augen. Dicht neben mir, halb unter der aufgebauschten Decke vergraben, schwarz und kompakt, sieht mein Handy wie der Kolben eines Revolvers aus.

– Ach, du bist es.
Guten Tag erst mal.
Ich beuge mich zu ihm, um ihm einen Kuss zu geben, er dreht sich etwas weg. Mir ist das egal, ich küsse ihn trotzdem.

Wegen meines Infekts bin ich eine Woche lang nicht gekommen. Er hat es mir nicht übelgenommen, in den Urlaub gefahren zu sein, aber er nimmt es mir übel, dass ich krank war.

– Bist du sauer auf mich?

– Kaum.

Ich lächle. Ich hab es gern, wenn mein Vater *kaum* sagt. Und das weiß er.

Auf dem Tisch liegen zwei Pralinenschachteln, daneben steht eine Orchidee im Topf.

– Hattest du Besuch?

Er schüttelt den Kopf: »Völlig belanglos.«

– Ich habe Neuigkeiten.

– Ah ja?

Er hat sich nicht bewegt, und doch wirkt es, als hätte er sich mit einem Mal aufgerichtet.

Ich erzähle ihm von dem Telefonat mit der Vertreterin.

Als ich ihm erkläre, es sei in Frankreich zu riskant geworden, unterbricht er mich.

– Riskant für wen?

– Für mich.

Pfff. Ein Achselzucken.

– Also, was machen wir?

Seine Stimme klingt ungeduldig.

– Ich warte auf den Anruf eines Schweizer Vereins. Wir müssen wahrscheinlich dorthin fahren.

Er hebt den Kopf.

– In die Schweiz? Sehr gut.

Und er gähnt. Ein langes, geräuschvolles Gähnen. UUUAAAAHHH.

Im Urlaub hat er oft so gegähnt, und er sagte dann: »Das ist wahre Entspannung.«
Sein Kopf fällt zurück, er schließt die Augen.
Sein Gesicht ist rund, etwas faltig. *Jedes Baby sieht aus wie André.*

Die Dame aus der Schweiz hat eine leicht zittrige Stimme. Ich stelle sie mir recht betagt vor. Sie spricht Französisch mit starkem Akzent. Halbseitige Lähmung, Athymil, Windeln, ich habe meinen Bericht langsam und deutlich von vorn begonnen.
Als ich gerade ansetze, den Satz auszusprechen *Er hat mich gebeten, ihm zu helfen, Schluss zu machen*, unterbricht sie mich.
– Ihr Vater will also sterben, nicht wahr?
Sie hat *sterben* gesagt, nicht *Schluss machen.*
– Hallo? Sind Sie noch da?
Ja.
Sie hat mir ein Treffen vorgeschlagen – zuerst mit Pascale und mir, dann mit meinem Vater –, wenn sie das nächste Mal nach Paris kommt, in drei Wochen.
Einverstanden.
Sie hat mich gefagt, ob wir bereit wären, uns mit dreihundert Euro an ihren Fahrt- und Übernachtungskosten zu beteiligen.
Natürlich.
– Dann sehen wir uns also am 12. Dezember um zehn Uhr in meinem Hotel, ja?

Ich habe alles notiert.
»Also dann noch einen schönen Tag, Madame Bernheim«, und sie hat aufgelegt.

Ich starre einen Moment lang auf das Telefon.
Es sind jetzt fast zwei Monate, dass mein Vater mich nicht mehr angerufen hat, zwei Monate, dass seine Nummer nicht auf dem Display erschien.
Ich drücke auf das kleine offene Buch, die Taste für das Adressbuch.
Mein Vater steht an dritter Stelle, hinter Serge und meiner Schwester.

06 07 87 08 84

André

Plötzlich habe ich den Geschmack von Whisky im Mund.
Ist es der, den Pascale und ich vor sieben Jahren getrunken haben, als unser Vater auf der Intensivstation lag, halb bewusstlos?
Wir waren bei mir, in der kleinen Wohnung unterm Dach mit den niedrigen Decken, in der es immer kalt war. Wir hatten gerade erfahren, dass zu der Infektion mit dem Krankenhauskeim eine Venenentzündung erschwerend hinzugekommen war. *Sein Zustand war kritisch*. Pascale hatte mir damals anvertraut, sie könne sich das Leben ohne unseren Vater nicht vorstellen.

Das Telefondisplay wird dunkel, es schaltet gleich auf Standby. Ich erkenne noch die Bögen der 8, den spitzen Winkel des A.
Und dann nichts mehr.

Das war's.
Genauso wird das Leben ohne meinen Vater sein, Dunkelheit. Und Stille.

Wie immer betrete ich das Zimmer ganz leise, falls er schlafen sollte.
Ich gehe einige Schritte auf das Bett zu und bleibe unvermittelt stehen: die Gitter sind heruntergeklappt, die Laken glattgestrichen. Es ist leer.
»Nuèle!«
Ich drehe mich um.
Da sitzt mein Vater.
Er trägt sein dunkelgrünes Karohemd – *grünlicht*, wie er sagt – und seine beigefarbene Stoffhose.
Ich blinzele.
Für einen Moment glaube ich, alles wäre wieder wie früher.
Mein Vater wird aufstehen, und ich werde ihn nach Hause bringen. Er wird den Gang entlangtrippeln, die Füße leicht nach außen gedreht wie eine Ente, und unten angekommen, wird er sagen: »Wir brauchen kein Taxi, wir nehmen den 83er, der fährt direkt vors Haus«, und wir werden darüber lachen.
Mein Körper ist schwer. Ich lasse mich auf das Bett fallen, »Pchhhhhhh«, die Antidekubitus-Matratze bläst sich unter mir auf.
Ich gähne.
Ich strecke mich lang aus und gähne noch immer.
– Was ist denn mit dir los?

– Das ist wahre Entspannung.
Mein Vater lacht auf.
Mein Vater.

Dr. H. ist recht optimistisch. Mein Vater kann aufrecht sitzen, eine Stunde lang bisher, wir werden das nach und nach steigern. Sie tippt ihre Notizen ein. In zwei Wochen kann er entlassen werden, wenn nichts Unvorhergesehenes passiert.
– Um nach Hause zurückzukehren?
Sie schüttelt den Kopf.
Nein, er braucht noch eine medizinische Versorgung. Sie empfiehlt uns eine Klinik, die wir bereits kennen. Unsere Mutter hat dort vor fünf Jahren ihre Reha nach einem Oberschenkelhalsbruch verbracht.
Dr. H. wird die Krankenakte unseres Vaters an ihre Kollegin an der Klinik weiterleiten, Dr. J…
Sie reicht uns einen kleinen Zettel.
– Lassen Sie sich in meinem Namen einen Termin bei Mademoiselle T. geben, der neuen Direktorin.

Es regnet, aber das macht mir nichts aus, ich trällere vor mich hin, bis zur Haltestelle des Busses. Da ist er. »Guten Abend.« Die Fahrerin lächelt mir zu. Ich entwerte meine Navigo-Karte.
Der rechte Sitz ganz hinten in der letzten Reihe ist frei.
Das ist mein Lieblingsplatz. Ältere Menschen und schwangere Frauen kommen selten bis hierher.

Ich lehne mich gegen die gewölbte Verschalung, die den Motor verdeckt. Die Verkleidung ist warm, fast heiß.
Die Antidepressiva wirken, meinem Vater geht es besser, er wird Broca verlassen.
Kein Verein mehr und keine Schweiz.
Ich schließe die Augen.
Ich spüre den Motor an meinen Rippen.
Alles wird gutgehen.

Pascale ruft die Hausverwaltung unserer Eltern an. Um einen Treppenlift einbauen zu lassen, der von der Zwischenetage, wo der Aufzug hält, bis zu ihrem Treppenabsatz führt, muss man eine außerordentliche Eigentümerversammlung einberufen, das will im Voraus geplant sein.
Ich vereinbare einen Termin mit einer Firma für Medizintechnik, um die Decke von Schlafzimmer und Bad mit einer Rollschiene für eine Hebevorrichtung auszustatten, so wie in Broca.

Serge und ich besichtigen die Wohnung von Yves Saint-Laurent in der Rue de Babylone, bevor Objekte und Gemälde zum Verkauf bei Christie's verschickt werden. Ich schaue mir alles an, mustere ausführlich alle Leute, probiere jedes Petit Four am Buffet. Ich will meinem Vater morgen alles erzählen können.

Ich schlafe nicht, ich bereite meinen Bericht vor. Zweimal stehe ich auf, um Details zu notieren.

Ganz allein gluckse ich in der Dunkelheit vor mich hin. Ich werde ihn zum Lachen bringen, da bin ich sicher.

– Keine Neuigkeiten aus der Schweiz?
Ich hatte nicht einmal die Zeit, ihm den Garten zu beschreiben.
Ich antworte nicht. Ich weiß nicht, was ich sagen soll.
– Ich habe dir eine Frage gestellt.
– Nein, noch immer nichts. Aber wir sind dabei, die Wohnung umzubauen, damit du …
– Lass mich damit in Ruhe. Ich will nicht nach Hause zurück.
Keuchend schüttelt er den Kopf.
– Lass mich allein.
Ich nehme meine Tasche.
– Und bring mir Rasierklingen mit. Danke.
Bevor ich die Tür schließe, sehe ich seinen kleinen Körper, ganz versunken in dem großen dunkelblauen Rollstuhl, und Tränen steigen mir in die Augen.

Ich schmiege mich an Serge, seine Arme umfangen mich. Ich atme mit ihm ein und aus, aber diesmal stellt sich der Schlaf nicht ein. Ich löse mich vorsichtig und stehe geräuschlos auf. Ich mache Licht im Badezimmer. Der Rasierer von Serge liegt da, auf dem Waschbeckenrand. Er benutzt das gleiche Modell wie mein Vater. Über dem schwarzen Metallgriff, der sich aufspreizt wie der Hals einer Kobra, die drei parallelen feinen Klingen.

Könnte er sich damit die Pulsadern aufschlitzen?
Ich nehme den Rasierer in die linke Hand und nähere ihn meinem linken Handgelenk. Näher. Noch näher.
Au. Ich habe mich geschnitten.
Es ist nicht tief, aber es blutet.
Kaltes Wasser, Diaseptyl, Pflaster.

Der Startton meines Computers hallt in der Nacht. Ich habe ihn noch nie so deutlich wahrgenommen.
Es ist mehr ein Akkord als eine Note, scheint mir. Ich werde Pascale danach fragen. Sie wird es wissen. Ich tippe den Namen des Schweizer Vereins. Die Startseite ist ganz schlicht. Oben links das kleine Foto einer friedlichen, klaren See und darunter, im selben Blauton, zwei Namen – auch jener der Dame –, eine Postfachadresse und, unterstrichen, der Kontaktlink; in der Mitte eine deutsche Textspalte und rechts nichts, eine große Leere.
Ich fahre mit dem Kursor einen Moment lang über den Bildschirm, aber der schwarze Pfeil wird nur dann zur weißen Hand, wenn er auf dem Link zum Kontaktformular liegt, das ich nicht ausfülle.
Die Website des Vereins besteht aus nur einer Seite.
Ich sollte schlafen gehen, aber ich bleibe sitzen, die Augen auf ein langes Wort gerichtet, das einzige fettgedruckte Wort, ein dunkler Tausendfüßler mitten im Text.
Selbstbestimmung
Was heißt das auf Französisch?
Ich klicke auf das Dashboard. Das blaue Südsee-Rechteck erscheint.
Übersetzen: Deutsch

nach: Französisch.
Ich tippe sorgfältig das Wort ein, Buchstabe um Buchstabe, S-e-l-b-s-t-b-e-s-t-i-m-m-u-n-g.
Ich halte den Atem an.
»Autodétermination«.

Es ist ruhig im Schlafzimmer. Ich schlucke eine viertel Lexomil. Noch eine.
Serges Körper ist warm.
Ich sehe für einen Moment das kleine Viereck mit dem graublauen Meer vor mir, aber es verschwindet sofort wieder, und in schwarzen Buchstaben erscheint das Wort *Autodétermination,* das sich formt und verformt: Autodestruktion, Terminator, Detonation, vermintes Terrain.
Mein Kopf explodiert.

Der Wartesaal ist hell und freundlich. Auf einem runden Tischchen liegen Kinozeitschriften. Ich blättere die erste Nummer auf dem Stapel durch. *Die Klasse* hatte mehr als eineinhalb Millionen Zuschauer. Darunter auch mein Vater; das ist der Film, den er am Abend vor seinem Schlaganfall mit G. M. gesehen hat, in der 20-Uhr-Vorstellung. Sobald es dunkel wurde, ist er sicherlich eingeschlafen. Ob im Kino oder vor dem Fernseher, seit einigen Jahren schläft er fast immer ein. Seine Lider schließen sich, sein Unterkiefer löst sich, man hört kleine, harte Laute aus dem Rachen, und sein Kopf fällt auf die Brust, bevor er sich ruckartig wieder hebt und dann erneut zurückfällt. Und so fort. Pascale kann das sehr gut nachmachen. Das bringt uns zum Lachen.

– Emmanuèle Bernheim.

Schwarze, spitze Schuhe aus Lackleder. Mein Hausarzt steht vor mir. Er lächelt mich an. Ich stehe auf, er gibt mir die Hand, ich folge ihm in sein Büro und atme dabei den leichten Duft seines Eau de Toilette ein.

Er setzt sich in seinen Sessel.

– Was führt Sie zu mir?

Infarkt im hinteren linken Auge, symptomlose Aneurysmen der Halsschlagader, halbseitige Lähmung, Depressionen, mein Vater hat mich gebeten, ihm zu helfen zu sterben, der Verein, Chantal Sébire, der Rasierer, die Schweizer Dame und das Treffen im Dezember, über das ich noch mit niemandem gesprochen habe, ich erzähle ihm alles.

Er hat mir zugehört, nach vorn gebeugt, die Ellenbogen auf den Schreibtisch gestützt.

Sein Telefon hat mehrmals geklingelt, aber er scheint es nicht wahrgenommen zu haben.

– Ich stehe das nicht durch.

Er faltet die Hände, kreuzt die Finger übereinander.

– Gibt es niemand sonst, an den Ihr Vater sich wenden könnte?

Ich habe schon darüber nachgedacht. Da wäre Daniel, sein bester Freund, aber er hat eine angegriffene Gesundheit, ich glaube, er muss sich demnächst am Herzen operieren lassen.

– Nein.

– Und was würde passieren, wenn Sie sich weigerten?

Das beigefarbene Püree, der grüne Brei und mein Vater, der den Kopf schüttelt, wenn sich der Löffel seinen geschlosse-

nen Lippen nähert. Mein Vater, immer fahler, immer dünner, der nicht aufhört, den Kopf zu schütteln.
Und sich irgendwann nicht mehr regt.
Das würde passieren.

Ich reiche der Apothekerin das Rezept.
– Kann ich Ihnen das Generikum geben?
Ja.
Ich betrachte die Packung. *Fluoxetin.*
So wird Serge nicht erfahren, dass ich Prozac nehme.
Eine halbe Tablette jeden Morgen, eine Woche lang, danach eine ganze, wenn alles gutgeht. Behandlungsdauer: drei Monate.
Die nächsten drei Monate. Dezember, Januar, Februar.
Ich zittere vor Kälte, und plötzlich taucht die Frankreichkarte vor mir auf, so wie sie an der Wand meines Klassenzimmers angebracht war, grün mit rosa- bis ockerfarbenen Reliefs und Flüssen gleich Adern. Ich sehe die Strecke schräg rüber in Richtung Schweiz und sehe uns, Pascale und mich, in umgekehrter Richtung nach Paris zurückfahren, mit dabei, in einer großen schwarzen Hülle, der Körper unseres Vaters.
Tot.

Die weiße Tablette lässt sich leicht durchteilen.
Sie hinterlässt einen leichten Anisgeschmack.

Mein Vater kennt den Präsidenten der Gruppe, zu der die Klinik gehört, und gestern, bei seiner Ankunft, warteten Blumen und Schokolade in seinem Zimmer auf ihn.
Er hat jetzt einen neuen Rollstuhl, in Grau.
Kopfstütze, verstellbare Rückenlehne, Antidekubitus-Kissen, halbseitige Schiene für den rechten Arm, Beinstützen mit beweglichen Fußteilen; eine Ergotherapeutin hat die passende Einstellung vorgenommen, bevor er Broca verlassen hat.
Serge und ich sitzen meinem Vater gegenüber.
Die Möbel und die Vorhänge sind in Orange gehalten, zwei große Fenster lassen trotz des Dezembergraus Licht herein.
Serge erzählt etwas, aber mein Vater hört ihm nicht zu, er schaut starr auf die kannelierten Beine meines Stuhls.
– Wird sie sich auf diesen Stuhl hier setzen?
Die Dame aus der Schweiz hat unser Treffen bestätigt, morgen um 10 Uhr. Zunächst werden Pascale und ich sie in ihrem Hotel treffen, anschließend bringen wir sie her, damit sie meinen Vater kennenlernt.
– Ja.
Er nickt.
– Sehr gut.
Er hebt die linke Hand, Daumen und Zeigefinger nach oben gestreckt. Das ist seit kurzem die Geste, die er macht, wenn er etwas Wichtiges zu sagen hat.

– Wir müssen unbedingt daran denken, sie darauf hinzuweisen, dass ich eine starke Dosis brauche, sonst wird es nicht funktionieren. Seit der Bypass-Operation habe ich ein sehr robustes Herz.

Es regnet. Der Gelenkbus ist voll. Ich werde in Richtung der Ziehharmonika gestoßen. Plötzlich tauchen die Faltenbälge zwischen den Zugwaggons von Elbeuf wieder vor mir auf, das Getöse, der kalte Luftzug und die Wände, die sich auffalteten und wieder zusammenzogen wie die Rippen eines Drachen. Meine Mutter verließ Elbeuf, sooft sie konnte. Jeden Donnerstag nahm sie mich mit zum Zahnarzt nach Paris. Im Wartesaal gab es einen großen Amethyst, dessen Kristalle innen Reihen mauvefarbener Eckzähne bildeten.
Der Druck wird stärker, ich wehre mich nicht. Dieser bewegliche Teil des Busses ist kein Drache, und ich bin kein kleines Mädchen mehr. Ich gehe auf die graue Ziehharmonika zu. Der Bus biegt ab, der Metallboden verschiebt sich unter meinen Füßen. Ich brauche mich nicht einmal festzuhalten. Ich bin robust. Wie das Herz meines Vaters.

Ich gehe am Kai entlang. Der Regen hat aufgehört, und die Luft riecht wie in der Bretagne. Ich lehne mich an die Kaimauer, zwischen die Kästen zweier Bouquinisten. Der Stein ist feucht wie ein Fels. Ich sehe das gräuliche Wasser an mir vorbeifließen. Es strömt rasend schnell. Plötzlich habe ich Lust zu schwimmen, mit dem Strom zu ziehen, bis zum

Meer zu kommen. Seine-Maritime. Und wenn ich nach Elbeuf zurückkehrte? Doch das Haus ist vor langer Zeit verkauft und umgebaut worden, ich würde es nicht wiedererkennen, hat mein Vater gesagt. Die Magnolie, von der Marion beim Klettern einen großen Ast abgebrochen hatte, musste gefällt werden. Ihre Blüten waren dicht gefüllt, rosafarbene Chicoree.
Los. Ich kehre der Seine den Rücken und überquere die Straße.

Kaum habe ich die Glastür des kleinen Hotels aufgestoßen, kreuzen sich unsere Blicke. Ich weiß, dass sie es ist, sie weiß, dass ich es bin. Ich gehe auf sie zu, sie kommt mir entgegen, groß, schlank, Pullover und Hose in Schwarz, Goldschmuck. Sie hat ein breites Lächeln. Nach der kalten Kaimauer kommt mir die Hand der Schweizer Dame warm vor. Wir setzen uns in die Nähe der Bar.
Während wir auf Pascale warten, erklärt sie mir, dass sie Verwaltungsbeamtin war und sich nach ihrer Pensionierung dem Verein angeschlossen hat, der von einem ihrer Freunde gegründet worden ist, einem Medizinprofessor.
Ihre Augen sind lebhaft, sie wird meinem Vater gefallen, da bin ich sicher. Da ist Pascale. Ihr Regenmantel, der fast weiß ist, erhellt die Bar. Meine Schwester gibt der Schweizer Dame die Hand und küsst mich, ihr kühles Gesicht an meiner Wange.
Wir bestellen drei Kaffee.
– Erzählen Sie mir von Ihrem Vater.
Wir erzählen von seinen Reisen in aller Herren Länder mit Raphaël oder anderen, den Abendessen im Restaurant,

den Konzerten, Filmen, Vernissagen und Ausstellungen und den nächtlichen Touren – er nannte das »frische Luft schnappen« –, von denen wir nichts wussten. Und dann der Schlaganfall und sein Körper, den er nicht mehr wiedererkennt, dieser Mann, der nicht mehr er ist.

Die Schweizer Dame nickt.

– Psychische Leiden sind genauso schlimm wie körperliche Leiden, nicht?

In ihrem Gesicht ist keine Spur von Traurigkeit.

Ein junger Mann in Jeans bringt uns den Kaffee. Auf jeder Untertasse ein in Cellophan verpackter Mini-Spekulatius.

– Hat Ihr Vater einen Brief oder ein Schreiben mit seinem Wunsch aufgesetzt?

– Nein, er hat wahrscheinlich immer geglaubt, es würde ganz plötzlich passieren.

Vor ein paar Jahren, als er auf dem Machu Picchu eine Lungenembolie hatte, habe ich ihm seinen Leichtsinn vorgeworfen. Er hat mit den Schultern gezuckt und dann mit einem leichten verträumten Lächeln hinzugefügt, es wäre für ihn *ideal* gewesen, einfach so zu sterben, auf Reisen, und *zack*.

– Ihr Vater ist sehr ...

– Lebendig.

Pascale und ich haben es gleichzeitig ausgesprochen. Wir lächeln uns an, alle drei.

Die Schweizer Dame trinkt einen Schluck Kaffee und stellt die Tasse ab.

– Also, ich werde es Ihnen erklären. Zunächst muss ein Formular ausgefüllt werden.

Sie öffnet einen DIN-A5-Umschlag und nimmt einige gefaltete Blätter heraus.

Das erste ist blau. Die Liste der erforderlichen Dokumente. Pascale und ich lesen gemeinsam. Es sind etwa fünfzehn. Das erste ist ein *medizinisches Gutachten* (*Krankengeschichte – gut lesbar*), das letzte die *Adresse, an die die Urne oder der Sarg geschickt werden soll* (*Bestattungsinstitut*).

Der Arm meiner Schwester drückt hart gegen meinen.

Komm, Pascale, wir hauen ab, wir machen uns aus dem Staub. Das ist nicht unsere Sache, soll er doch alleine klarkommen.

Aber ich bleibe auf meinem Stuhl sitzen. Ich versuche, meinen Spekulatius auszupacken, und schaffe es nicht, der Nagel des Daumens ist so weit abgekaut, dass er nicht einmal das Papier fassen kann. Pascale nimmt ihn mir aus der Hand und öffnet ihn in zwei Sekunden. Meine kleine Schwester im weißen Regenmantel.

Der winzige Keks zerbricht mit ohrenbetäubendem Getöse zwischen meinen Zähnen.

Weitere Blätter, ein Anmeldeformular, ein Überweisungsschein und eine Broschüre in Französisch – eine Art Gebrauchsanweisung.

Die Schweizer Dame packt alles wieder in den Umschlag und hält ihn mir hin. Ich nehme ihn mit spitzen Fingern in Empfang. Mein Daumen bleibt an dem Klebestreifen der Lasche hängen.

– Wenn dann all das erledigt ist, können wir entscheiden, ob wir Ihren Vater annehmen oder nicht.

– Und wenn Sie ihn annehmen, was passiert dann?

– Ihr Vater muss in die Schweiz kommen, nach Bern. Dort wird er unseren Arzt treffen, der feststellen wird, ob er

bei klarem Bewusstsein ist und ob sein Wunsch nach Freitod noch immer besteht. Wenn ja, dann wird Ihr Vater zunächst ein Medikament trinken, das ihn daran hindert …
Sie sucht nach dem Wort.
– Sich zu übergeben?
– Ja. Dann warten wir ein wenig. Dabei wird Musik gespielt. Wir geben ihm den Trank, der bitter schmecken wird. Danach wird er ruhig einschlafen und dabei die Musik hören.

Soylent Green. Es ist lange her, seit ich das letzte Mal an diesen Film gedacht habe, und doch stehen mir die Bilder wieder so deutlich vor Augen, dass ich mich frage, ob ich sie nicht erfinde. Ich sehe eine grauenvolle Zukunft vor mir, eine Welt ohne natürliche Rohstoffe, und Edward G. Robinson, der, entschlossen, mit seinem Leben Schluss zu machen, als kleines Männchen ein riesiges weißes Klinikgebäude betritt, sich am Schalter in die Schlange stellt, die Musik auswählt, die er in seinen letzten Augenblicken hören will; und dann liegt er auf einem schmalen Bett, gut zugedeckt wie ein Kind, nimmt den Trank zu sich, den ihm ein Mann und eine Frau in weißen Kitteln reichen, und schließlich schläft er friedlich ein, eingelullt von Beethovens *Pastorale*.
Nicht mein Vater. Ich würde ihn dabei ertappen, wie sein Blick auf dem Mann in Weiß liegt, wir würden in Gelächter ausbrechen, und er würde den Trank nicht trinken.
– Ihr Vater muss in der Lage sein, das Glas selbst zu nehmen und allein zu trinken. Sonst können wir nichts tun.

Wir begleiten ihn beim Suizid, aber wir sind es nicht, die ihn töten, nicht wahr?
Mein Zeigefinger löst sich von dem Briefumschlag, den ich in meiner Tasche verstaue. Ich könnte ihn genauso gut in den Müll werfen, wir werden ihn nicht brauchen.
Mein Vater wird nicht in die Schweiz fahren.
Sobald die Dame ihm alles erklärt hat, wird er seine Meinung ändern, da bin ich mir sicher.
Ich stürze den Kaffee hinunter.
Lasst uns gehen.
Auf dem Gehsteig trennen wir uns. Pascale eilt zum Bahnhof, um den Zug zu ihrem Festival zu erreichen, die Schweizer Dame und ich steigen in ein Taxi Richtung Klinik.

Mein Vater hat uns erwartet. Er hat dieses hellblaue Hemd bestimmt zu Ehren der Schweizer Dame ausgewählt. Er hält sich gerade. Seine Augen leuchten, seine Wangen sind vor Aufregung gerötet. Er ist schön.
Beide möchten, dass ich bleibe: Da mein Vater nicht sehr deutlich spricht, fürchtet sie, ihn schlecht zu verstehen.
Sie sitzt ihm gegenüber, auf dem Stuhl mit den kannelierten Beinen. Er hat sich ein wenig zu ihr gebeugt. Er möchte wissen, woher sie kommt. Aus Zürich. Er kennt die Stadt gut, hat dort Freunde. Er versucht, ein paar Worte auf Deutsch zu sagen, sie antwortet ihm. Er freut sich.
Sie atmet tief ein.
– Ihre Töchter haben mir erklärt, dass Sie sich wünschen …
– JA.

Eine Kopfbewegung, von oben nach unten, eine kraftvolle Zustimmung.

Während sie mit ihm spricht, nickt er unaufhörlich, das Kinn nach vorn gereckt, fest entschlossen.

Die Formulare zum Ausfüllen, die Schweiz, der Arzt, die Musik, das Antibrechmittel und der Trank, er sagt zu allem ja.

– Wo wird es stattfinden?

– In Bern.

Er verzieht das Gesicht.

– Ich war etwas enttäuscht vom Zentrum Paul Klee.

Sie scheint es nicht gehört zu haben.

– Sie müssen in der Lage sein, selbständig einen Deziliter Flüssigkeit zu trinken, verstehen Sie?

»Natürlich.« Mein Vater streckt die linke Hand zum Nachttisch, greift nach dem Glas und trinkt, die Augen auf sie gerichtet.

Kleine weiße Haare glänzen auf seinem Adamsapfel, der sich auf und ab bewegt.

Er stellt das Glas ab, knallt es extra laut auf den Tisch.

Und er lächelt triumphierend.

– Wann?

Die Schweizer Dame breitet die Hände aus.

– Wann Sie möchten, zunächst müssen alle Dokumente für die Akte zusammengestellt werden, und dann ist es auch gut, etwas zu warten, um sicher zu sein …

Er zuckt mit den Schultern.

– Von mir aus so bald wie möglich.

Es regnet wieder. Der Regenschirm der Schweizer Dame schützt uns alle beide.
– Ihr Vater scheint sehr entschlossen zu sein, nicht wahr?
»Autodétermination.« Das Ungeheuer von Loch Ness taucht vor meinen Augen auf, zuerst der Kopf, auf einem schlangenhaften Hals, dann der sich windende schwarze Körper, *Selbstbestimmung*. Ich atme die kalte Luft tief ein. Ich will eine Zigarette, jetzt, sofort. Ich atme aus, aber nichts kommt zwischen meinen Lippen hervor, kaum ein fahler Hauch.
Bip bip bip bip, ich bestätige. PIN-Nummer akzeptiert, vergessen Sie nicht Ihre Karte, nehmen Sie Ihr Geld. 300 €, mein Anteil an den Reisekosten der Schweizer Dame.
Ich begleite sie zum Taxi-Stand.
– Ich erwarte dann Ihr Dossier.
Sie fasst mich leicht am Unterarm.
– Wenn Sie Fragen haben oder was auch immer.
Sie lächelt mich an.
Ich küsse sie auf beide Wangen.
Die Autotür schließt sich, das Taxi fährt los.
Ich wühle in meiner Tasche, ertaste die winzig kleine runde Dose, und hopp, ich zerkaue eine viertel Lexomil.
Ich gehe zurück in die Klinik.
Mein Vater ist beim Mittagessen. Als er mich sieht, hält er inne.
– Und, wie war ich?
Ich betrachte ihn, den Löffel in der Luft, Lätzchen um den Hals, kleine Nase, kleines Gesicht. Mein Vater.
Ich stürze auf ihn zu und nehme ihn in die Arme.
– Ich war doch gut, oder? Ich dachte, ich würde mich unbe-

haglich fühlen, und dann, ganz im Gegenteil, habe ich mich pudelwohl gefühlt. Ich hatte *einen sehr guten Draht* zu ihr, wie deine Mutter sagen würde.

Ich setze mich ihm gegenüber, auf den Platz der Schweizer Dame.

– Kümmerst du dich um die Papiere? Zeig mal her.

– Iss erst mal dein Mittagessen auf.

Er gehorcht.

Er isst mit Appetit, ohne den braunen Umschlag aus den Augen zu lassen, den ich neben mich auf den anderen Stuhl gelegt habe.

»Wo ist meine Brille?« Ich gebe sie ihm.

»Nimm das mal da weg.« Ich räume das Tablett weg.

»Das auch.« Ich nehme ihm das Lätzchen ab.

Er streckt seine Hand nach dem Umschlag aus. Ich hole zuerst die Broschüre heraus.

Zum ersten Mal seit seinem Schlaganfall sehe ich, wie er versucht zu lesen. Das rechte Auge geschlossen, verfolgt er mit dem Zeigefinger Buchstabe für Buchstabe, Wort für Wort. Er zieht die Augenbrauen hoch.

– Was steht da? Ich kann's nicht lesen.

– *Verzweifelt.*

– Und da?

– *Unerträglich.*

Es klopft an der Tür. Ich nehme ihm die Papiere weg.

Es ist ein Mann in weißem Kittel, einer der Physiotherapeuten der Klinik. Er kommt, um meinen Vater *arbeiten zu lassen.*

Ich greife Tasche und Mantel, ein Kuss auf den Schädel. Ich gehe los.

»Nuèle!«
Ich drehe mich um.
– Morgen ist doch der 13. Dezember?
Mein Geburtstag, ich habe gar nicht mehr daran gedacht.
– Herzlichen Glückwunsch, meine Tochter.
Sein Lächeln ist so zärtlich, dass es mir den Hals zuschnürt.
Ich muss raus hier, schnell.
»Nuèle!«
Meine Finger erstarren auf dem Türgriff. Er wird danke sagen, mich noch einmal anlächeln, und ich werde anfangen zu weinen.
– Du denkst an mein Dossier, oder?
Ich schließe die Tür und gehe.
Meine Augen sind trocken.

Ich tippe »Berne« bei Google ein. 31 800 000 Ergebnisse.
Ich klicke auf das erste, Wikipedia.
Berne, *Bern.*
Daney nannte mich »Bern«. In einem Jahr, gegen Ende des Festivals in Cannes, kam er mich bei meinen Eltern im Département Var besuchen. Wir schauten uns alle zusammen das Roland-Garros-Turnier an. Meinen Vater nannte er André und mich Bern. Er sagte »Beurn«, mit amerikanischem Akzent. Das ärgerte meinen Vater.
Ich betrachte ein Foto der Stadt, das bei schönem Wetter aufgenommen wurde. Sie scheint nicht sehr groß zu sein, umschlossen von einem türkisfarbenen, hufeisenförmigen Flusslauf. Es gibt viele Bäume und Parks. Hat die Klinik

einen Park? Ich habe vergessen, die Schweizer Dame nach der Lage zu fragen.

Ich nehme den braunen Umschlag aus meiner Tasche, falte das azurblaue Papier auf meinem Schreibtisch auseinander. Das ist Noémies Lieblingsfarbe. Ich habe ihr einen Teppich, eine Decke, Stifte, Sweatshirts und Schals geschenkt, ganz viele Sachen in Azurblau. Ich wünschte, ich könnte sie mit einem Fingerschnippen herbeizaubern, meine pummelige Nichte, mit ihrem Lachen und ihrem fröhlichen Gesicht.

Na gut, schauen wir uns die Liste an.

Medizinisches Gutachten (Krankengeschichte – gut lesbar)

Darum werde ich Dr. J. bitten müssen. Hoffentlich gibt sie es mir.

Mitgliedskarte des Vereins (kann in der Schweiz ausgestellt werden)

Das sehen wir später.

Handschriftenprobe

Unmöglich. Trotz der Ergotherapie kann mein Vater mit links noch keinen einzigen Buchstaben schreiben.

Erklärung zum Freitod durch einen Angehörigen oder eine Vertrauensperson (wenn möglich, aber keine Voraussetzung)

Wenn ich es richtig verstehe, ist es an mir – an Pascale und mir –, einen Brief zu schreiben, in dem wir unser Einverständnis mit dem Sterbewunsch unseres Vaters erklären?

Ich falte das blaue Blatt Papier wieder zusammen.

Um all das kümmere ich mich morgen. Nein, Montag. Dieses Wochenende möchte ich mit Serge verbringen und seine Gegenwart genießen. Außerdem ist morgen mein Geburtstag. Kein Arzt, keine Klinik. Und kein Tod. Man soll mich ja in Frieden lassen.

– Herzlichen Glückwunsch, mein Liebling.

Ich kuschle mich an Serge.

Es ist fast 11 Uhr. Ich glaube, es ist das erste Mal, dass ich an meinem Geburtstag so spät aufwache.

Normalerweise rief mein Vater mich jeden 13. Dezember an, immer frühmorgens, egal an welchem Wochentag. »Hab ich dich geweckt?« Wenn ich bejahte, gluckste er freudig, wenn ich verneinte, hörte ich ein enttäuschtes *Ah*. Und wir lachten zusammen.

Dann bekam ich im Lauf des Vormittags Blumen, einen Strauß, den er selbst hatte zusammenstellen lassen, *nichts von der Stange*.

Heute: nichts.

Ich stehe auf. Frühstücken, schnell. Ich ziehe mich an, nehme Mantel und Tasche. Der Bus kommt in 14 Minuten, die Wartezeit ist samstags endlos lang. Dann nehme ich eben ein Taxi.

Mein Vater hat schlechte Laune.

– Was passt dir nicht?

Er schüttelt den Kopf.

– Es ist erschreckend, ich erinnere mich an nichts mehr.

– An was denn zum Beispiel?

– Was ich immer gesungen habe an deinem Geburtstag, um dich zu ärgern.

Ich pfeife den Anfang von *Si j'avais un marteau*.

Sein Gesicht hellt sich auf.

– Ja, das ist es!
Und er fängt an zu summen.
– Was macht ihr heute Abend?
– Wir gehen essen, im L'Ecailler du Bistrot.
Er lächelt. »Aha, und wer hat dir dieses Lokal empfohlen?«
»Du.«
Ich lächle zurück.
Es klopft an der Tür. Zwei Pflegehelferinnen kommen herein, um ihn zu waschen.
Er gibt einen kleinen verärgerten Laut von sich.
– Können Sie einen Moment warten? Ich muss meiner Tochter etwas sagen.
»Alles klar, Chef«, und sie schließen die Tür.
– Mir ist noch etwas durch den Kopf gegangen. Bevor ich nach Bern fahre, würde ich gerne noch ein letztes Mal mit dir und Serge im Voltaire essen gehen. Ich werde einen Avocado-Salat mit Pampelmuse nehmen. Und dann Pommes frites. Hoffentlich wird Thierry da sein.
Thierry ist einer der Kellner im Voltaire. Er gibt meinem Vater immer einen Kuss.
– Wir können auch schon vorher hingehen.
Er schüttelt den Kopf.
– Nein, es wird dann genau richtig sein.
Eine Kinnbewegung Richtung Tür.
– Du kannst ihnen sagen, sie sollen reinkommen.

Die Meeresfrüchteplatte ist riesig.
Wir sind zu fünft, Serge und ich, Pascale, Miguel, der Mann, den sie liebt, und Catherine Klein, unsere älteste Freundin. Von meiner Schwester bekomme ich bunte Glä-

ser, von Catherine Teller und Dosen in Orange und Blau. Serge hat eine Flasche Condrieu bestellt. Wir stoßen an. Ich begegne Pascales Blick, und einen Moment lang gibt es nur meine Schwester, ihr Glas an meinem und mein Blick in ihrem.

– Ich bin in der Klinik. Gestern Abend gab es eine Auseinandersetzung mit G. M. Kurz gesagt, Papa ist ziemlich verstört. Es wäre wohl gut, wenn du herkämst.
Pascale spricht leise, ich höre im Hintergrund den Ton eines Fernsehers und Stimmen in der Ferne.
– Ich komme.

Mein Vater sitzt in seinem grauen Sessel, das Kinn auf der Brust. Er murmelt ein vages Guten Tag.
Pascale steht mit verschränkten Armen vor ihm.
– Nach dem, was die stellvertretende Direktorin sagte, kommt G. M. jeden Abend her, sehr spät. Er behauptet, zur Familie zu gehören, deshalb lässt man ihn rein. Als Kader, der Pflegehelfer, gestern Abend zum Waschen und mit den Medikamenten für die Nacht kam und ihn bat, zu gehen, hat G. M. sich geweigert. Kader hat darauf bestanden, die Situation hat sich zugespitzt, und sie haben sich beinahe geprügelt.
Der Kopf meines Vaters sinkt noch tiefer.
– Er könnte doch auch früher kommen, wo er doch nicht arbeitet, oder?
Ein langer Seufzer.

Ich sehe seinen Schädel, seinen Nacken und ein wenig tiefer die Stelle, wo sich kürzere und längere Haare miteinander vermischen.

Eines Tages hatte er mir mitgeteilt, sich den Rücken epilieren lassen zu wollen, und hatte dann leise, aber laut genug, dass ich es verstehen konnte, hinzugefügt: *Manche mögen das nicht.*

Noch ein Seufzer.

Er beginnt, den Kopf zu schütteln.

– Ich bin es leid. Ich will nicht mehr.

– Was willst du nicht mehr?

– Dass er kommt.

Wir setzen uns ihm gegenüber.

– Hast du ihm das gesagt?

»Nein!« Er heult beinahe.

– Warum?

– Ich kann es nicht, ich habe …

Er schnieft.

– Ich habe Angst.

Es ist das erste Mal, dass ich meinen Vater sagen höre, er habe Angst.

Ich beuge mich zu ihm, ich versuche, sein Gesicht zu sehen. Rotzfäden fließen, fließen hinab zu den Knien.

Ich greife mir ein Kleenex vom Nachttisch und reiche es ihm.

»Papa.«

Er rührt sich nicht. Ich beuge mich noch weiter zu ihm.

»Komm.«

Ich halte ihm das Taschentuch vor die Nase.

– Na los.

Er schnäuzt sich, seine Nase zittert zwischen meinen Fingern.
– Sollen wir mit ihm sprechen?
Er hebt den Kopf.
– Ja. Ich bin es leid.
Er nimmt mir das Kleenex aus der Hand, schnäuzt sich erneut und rollt es zu einer Kugel.
– Hier, das kannst du wegwerfen.

– Wenn dein Vater mich nicht mehr sehen will, braucht er es mir nur zu sagen.
– Du weißt genau, dass er Angst vor dir hat, nach dem, was letztes Jahr passiert ist.
– Ich wollte ihm nicht weh tun, und das hat er auch verstanden, schließlich haben wir uns weiterhin getroffen.
– Jedenfalls bittet er dich jetzt darum, ihn in Ruhe zu lassen.
– Er braucht es mir nur selbst zu sagen.
Und er legt auf.
– Ich bin sicher, er glaubt, wir wollten ihn von ihm fernhalten.
– Papa muss mit ihm sprechen.
Pascale drückt ihre Zigarette aus. Wir gehen wieder hoch aufs Zimmer.

Das Telefon ist angeschlossen worden, aber das Kabel ist ganz verdreht. Ich lasse den Hörer baumeln und sich ausdrehen.
Mein Vater lässt ihn nicht aus den Augen, bis er schließlich still runterhängt.

– Hier.
Ich drücke den Hörer leicht gegen sein Ohr.
Pascale wählt die Nummer von G. M. Ich höre das Läuten.
– Sollen wir rausgehen?
– Nein, bleibt hier.
Hallo?
– Los, Papa, du kannst jetzt sprechen.
André?
»Iiiiiich www...« Der Mund meines Vaters klebt am Apparat.
»Ich ... will nnn...« Speicheltropfen bilden sich auf seinen Lippen, ich wische sie ab.
– Ich will nicht mehr, dass du kommst.
Und er lässt den Hörer fallen.
G. M.s Stimme näselt in der Ferne.
Ich lege auf.
Mein Vater seufzt.
– *DWWG.*
In unserem Familienjargon heißt das: Das wäre wohl geschafft.

Mein Cousin François hat den riesigen Katalog von der Versteigerung der Sammlung Yves Saint Laurent & Pierre Bergé in die Klinik schicken lassen.
– Lass sehen.
Er wiegt mehr als zehn Kilo, zu schwer für den Schoß meines Vaters.
Ich hebe ihn auf die Höhe seiner Augen, er neigt den Kopf, um die kupferfarbenen Buchrücken der fünf Bände im Schuber zu entziffern.

– Ich sehe nichts.

Ich hole den ersten Band heraus, *Impressionistische und moderne Kunst*, und lege ihn ihm auf den Schoß.

Ich setze ihm die Brille auf. Er betrachtet einen Moment lang den Fernand Léger auf dem Einband und öffnet den broschierten, nagelneuen Katalog, der – *zack* – gleich wieder zuklappt, ihm zwischen den Beinen durchrutscht und zu Boden fällt.

Ich hebe ihn auf.

– Ich helfe dir.

– Nein, ich kann das alleine.

Damit der Katalog offen bleibt, muss er seine leblose Hand nehmen und sie auf die rechte Seite legen, mitten auf die Abbildung des Werkes, das er anschauen will; dann, um seine Hand anders zu platzieren, hebt er sie hoch, und paff, nutzt der Katalog die Chance, sich wieder zu schließen.

Und mein Vater fängt von vorne an.

Ein-, zwei-, dreimal. Viermal.

Er schafft es schließlich, die Doppelseite der *Schlüsselblumen, Teppich in Blau und Rosa* von Matisse offen zu halten.

Er kneift die Augen zusammen, schließt das rechte, verzieht das Gesicht, macht ein leises Geräusch.

– Pfffff ... Sie schätzen den Matisse auf zwölf- bis achtzehntausend Euro. Das ist enorm.

– Du willst sagen, auf zwölf bis achtzehn *Millionen* Euro?

Sein linker Zeigefinger klopft die Zahlen ab, alle Nullen.

– Zwölftausend, siehst du!

Er ist gereizt.

Papa, denk mal nach: Zwölftausend Euro, das wären weniger als hunderttausend Francs.

Er schaut mich an, mit weit aufgerissenen Augen, verloren.
Ich hätte ihn in Ruhe lassen sollen.
Sein Kopf fällt zurück auf die Brust.
Ein langer Seufzer.
– Es ist entsetzlich, wenn es mich im Kopf erwischt, können wir nicht mal mehr in die Schweiz fahren. Dann können wir gar nichts mehr tun.
Ich räume den Katalog weg.

Rrrrrrrrrr. Rrrrrrrrrr. Das Vibrieren meines Telefons überträgt sich auf die metallenen Füße meines Stuhls. Ich beuge mich hinunter, öffne meine Tasche ein wenig, PASCALE erscheint auf dem leuchtenden Display. Meine Schwester weiß, dass ich den ganzen Tag in der staatlichen Filmförderstelle CNC bin, wo wir Produzenten vorsprechen lassen. Wenn sie mich anruft, wird es wichtig sein. Ich bitte um eine Pause. Gestern Abend hat Kader G. M. im Klinikflur abgefangen, als er unseren Vater besuchen wollte, und hat ihn rausgeworfen.
G. M. war rasend vor Wut.
Später hat im Zimmer das Telefon geklingelt. Aber der Apparat war für meinen Vater außer Reichweite, und er konnte nicht abheben.
Es hörte auf und dann fing es wieder an.
Wieder und wieder.
– Nach dem, was Papa mir gesagt hat, ist das in der vorigen Nacht auch schon so gewesen, und er hat sich nicht getraut, darum zu bitten, dass man ihm das Telefon fortnimmt.

Pascales Stimme ist belegt.
– Er ist völlig verängstigt. Also bin ich zu dem Polizeirevier gegangen, das für die Klinik zuständig ist, und habe eine Erklärung zu Protokoll gegeben.

Mein Vater liegt im Bett. Auch diese Nacht hat er kaum geschlafen, obwohl man das Telefon aus dem Zimmer genommen hatte, und heute Morgen, nach dem Waschen, war er zu erschöpft, um aufrecht zu sitzen.
Die Klinikleiterin steht an seinem Bett, eine Hand auf dem Metallgitter.
– Wenn Sie uns mitteilen, dass Sie von dieser Person keinen Besuch mehr empfangen möchten, werden wir dafür sorgen, dass man Sie in Ruhe lässt. Sie brauchen keine Angst zu haben. Sie sind hier in Sicherheit, Monsieur Bernheim. Verstehen Sie?
Mein Vater nickt.
Sie beugt sich zu ihm.
– Wenn Sie irgendetwas stört, sollten Sie nicht zögern, es uns zu sagen, Monsieur Bernheim, ja?
– Ja.
– Dann lasse ich Sie jetzt mit Ihren Töchtern allein. Monsieur Bernheim, meine Damen …
Die Leiterin verlässt das Zimmer.
Ich schließe die Tür hinter ihr.
– Bist du jetzt ein bisschen beruhigt?
Er atmet ein paar Mal ein und aus, und jedes Ausatmen gleicht einem Seufzer.
– Jaaahhh.
Es klopft.

– Also, Chef, gibt's das Mittagessen heute im Bett?
Er hat seit zwei Tagen nichts gegessen; Püree, Brei, Joghurt, Kompott, er verschlingt alles.

– Jetzt, wo ihr beide da seid, könnten wir vielleicht die Gelegenheit nutzen und das Datum festlegen.
– Was für ein Datum?
– Das Datum für die Schweiz.

Pascale will die geraden Kalenderwochen meiden, in denen sie die Kinder hat, und die Osterferien.
Ich möchte den Mai nicht – zu viele Feiertage, zu viele Brückentage, und vor allem ist dann das Festival in Cannes, und Serge wird nicht da sein.
Und dann findet mein Vater, das sei noch zu lange hin.
»Warum nicht im März?« Er gluckst.
»In der ersten Woche, zum Beispiel?« Meine Schwester hat am 1. März Geburtstag.
– Das ist nicht witzig.
Wir einigen uns alle drei auf die Woche vom 6. April.

Pascale und ich beugen uns über den Kalender von 2009, vorn in meinem Terminplaner. 15. Kalenderwoche, heiliger Marcellin, heiliger Jean-Baptiste-de-la-Salle, heilige Julie, heiliger Gautier, Karfreitag, heiliger Stanislas und Ostersonntag. Und direkt neben dem Donnerstag, ☺, das runde, lachende Gesicht des Vollmonds.
– Donnerstag, den 9. April, was meinst du?
Jetzt macht auch mein Vater ein Smiley-Gesicht.
– Meine Töchter.

Er schließt die Augen.
Kaum haben wir das Tablett abgeräumt, ist er eingeschlafen.

Die Schweizer Dame ist mit dem 9. April einverstanden.

Trotz einer halben Lexomil und der Schlafgeräusche von Serge kann ich nicht schlafen.
11 + 31 + 28 + 31 + 9 = 110. In einhundertzehn Tagen wird mein Vater in die Schweiz fahren, um zu sterben.
Ich stehe auf, gehe in mein Arbeitszimmer, schalte den Computer ein. Links auf dem Bildschirm blinkt der kleine Briefumschlag: Ich habe eine neue Mail. *Ohne Betreff*, sie ist von Pascale. Sie hat sie mir um drei Uhr geschickt, sie schläft also auch nicht. Ich klicke darauf. Und lese.

Mein Erstes hat ein Haus.
Mein Zweites hat ein Äffchen.
Mein Drittes hat ein Pferd.
Mein Ganzes ist eine ziemlich lästige Angelegenheit.
Lösung:
Blasenschwäche
Weil: Dreimal Pipi hintereinander …

Ganz alleine, mitten in der Nacht, lache ich Tränen.

Catherine Putman ist gestorben.

Das letzte Mal, dass wir bei ihr zum Abendessen eingeladen waren, war Freitag, der 26. September. Sie hustete stark. Aber währenddessen sah mein Vater sich im Kino *Die Klasse* an und aß danach im L'Assiette. Und am nächsten Morgen rief Pascale mich an.

Danach habe ich mir um Catherines Husten keine Sorgen mehr gemacht. Sie hat einen kleinen chirurgischen Eingriff vornehmen lassen, eine Augenlid-Straffung. Nach der Operation hustete sie noch stärker. Sie hat Untersuchungen machen lassen, viele Untersuchungen, und man hat sie ins Krankenhaus eingewiesen. Sie sagte mir, ich solle sie nicht besuchen kommen, ich hätte mit meinem Vater genug zu tun und wir sollten uns lieber sehen, wenn sie endlich wieder zu Hause wäre. Letzte Woche im Krankenhaus Cochin, bevor sie nach Villejuif verlegt wurde, habe ich sie noch gesehen, sie war gerade beim Abendessen. Wie sie da im Schneidersitz auf dem Bett saß, ihr Gesicht mit den unwahrscheinlich großen Augen von dem gelben Krankenhaushemd erhellt, war sie schön. Sie lachte, und ihr südfranzösischer Akzent kam wieder durch. *»Man kann nicht behaupten, meine Operation hätte sich ausgezahlt: Ich bin mit meinen neuen Lidern nur ein einziges Mal ausgegangen. Wenigstens werde ich hübsch sein, wenn ich sterbe.«*

Niemals habe ich Serge so weinen sehen.
Mein Vater ist in Hochform. Seit einem Monat, seitdem er nicht mehr nur Püriertes isst, hat er wieder zugenommen. Kekse, Pralinen, Petits Fours, alle seine Freunde bringen ihm Süßigkeiten mit. Überall liegen welche herum. Die tief stehende Wintersonne bringt goldene Verpackungen und seidene Bänder zum Leuchten.
Kaum habe ich meinen Mantel abgelegt, zeigt er auf eine große weiße Schachtel.
– Da, gib mir die mal rüber.
Er wählt eine Schokopraline aus, mit Zacken wie ein Virus, und steckt sie auf einmal in den Mund.
»Kromm. Kromm.« Es knackt zwischen seinen Zähnen.
– Du ziehst so ein Gesicht. Was ist los?
– Ich komme von Catherines Einäscherung auf dem Friedhof Père Lachaise.
»Kromm. Kromm.«
– Waren viele Leute da?
Museumsverwalter, Sammler, Künstler – er will wissen, wer alles da war. Ich nenne ihm Namen.
Er hört abrupt auf zu kauen. Pause.
– Was mich betrifft, habt ihr ja verstanden, dass das Kaddisch in Paris gesprochen werden soll? Weil ich nicht weiß, ob sich viele Leute auf den Weg nach Elbeuf machen werden.
– Aber bist du dir wirklich sicher, dort begraben werden zu wollen? Nach allem, was du mir über deinen Vater erzählt hast?
Er seufzt.
– Es ist ja nur, um bei Mama zu sein.
»Kromm. Kromm.«

Ich stehe allein an der Bushaltestelle. Es ist Montag, und die wenigen Läden in der Straße sind geschlossen. Der Abend bricht herein. Alles ausgestorben.
Tot.
Mir ist kalt, ich will nach Hause.
Der Bus kommt. Mein Lieblingsplatz ist frei. Ich krame in meiner Tasche, die kleine grüne Dose, eine viertel Lexomil. Warum nicht eine halbe? Na los.

He always runs while others walk
He acts while other men just talk
He looks at this world and wants it all
So he strikes like thunderball
Tom Jones' Stimme übertönt das Dröhnen des Dunstabzugs.
Die Kalbsbrustspitzen und die Zwiebeln werden goldbraun, ich entkorke eine Flasche Weißwein, gieße ein wenig davon in den Topf und schenke mir ein Glas ein. Der Wein ist eiskalt, köstlich. Die *Best of James Bond* läuft, ich kenne alle Lieder auswendig.
Ich schäle die Karotten. Noch ein Glas. Vielleicht sollte ich etwas aufpassen, mit dem Lexomil und dem Prozac.
Ich nehme ein scharfes Messer, ein Brett.
Tack, tack, tack, dünne Scheiben.
Es ist warm, und in der Wohnung riecht es gut.
Wenn Serge ganz verfroren von draußen reinkommt, wird das Abendessen fertig sein.
In meinem Kopf dreht es sich ein wenig, aber das ist nicht unangenehm. Ich regele die Lautstärke des CD-Spielers höher und singe zusammen mit Paul McCartney.

Say live and let die
Live and let die
Live and let die
Live and let die
Pam pam pam, pam pam pam, pam pam.
Pam pam pam, pam pam pam, pam pam.
Pam pam pam, pam pam pam, pam pam.

Weißwein + Prozac + Lexomil, beim Aufwachen habe ich Kopfschmerzen.
Zwei Advil, zwei Kaffee, mein Handy klingelt.
– Madame Bernheim? Bleiben Sie dran, ich geben Ihnen Ihren Vater. Bitte, Chef.
Ein Spucken, er hält den Hörer zu nah an den Mund, aber ich verstehe, ich soll zu ihm kommen. Sofort.

Er liegt im Bett, das Gesicht zur Tür gewandt.
– Ah, Nuèle!
Man hat ihn noch nicht gewaschen, und das Frühstückstablett mit dem Glas Himbeermarmelade von Pascale steht unberührt auf dem Tisch.
Seine linke Hand hebt sich, Zeigefinger und Daumen nach oben gereckt.
– Sehr wichtig: Ich habe viel nachgedacht, wegen meiner Beerdigung. Ich frage mich, ob ich nicht in Paris bleiben sollte. Ich glaube, das wäre besser. Und für Raphaël wäre es leichter, wenn er mich besuchen will. Was meinst du?
Er atmet einige Male tief ein und aus.

– Ich lasse das mit meinen Eltern. Vielleicht ist jetzt der Augenblick gekommen, um dieses Kapitel zu schließen, oder?
Sein kleines Gesicht schaut mich ernst an.
– Ja.

Die Concierge hält mir ein paar Umschläge hin. Auf der Rückseite des einen ist das Siegel des Bürgeramtes vom 17. Arrondissement. Das ist der Auszug aus der Geburtsurkunde meiner Mutter. Für die Schweizer Liste.
Ich muss ein Dossier zusammenstellen. Ich öffne ein neues Paket kartonierter Mappen. Die erste, hautfarben wie ein BH, nehme ich nicht.
Auch nicht die blaue: Blau ist Noémie.
Ebenso wenig die rote, das ist die Farbe der Mappen aller meiner Manuskripte.
Also? Orange? Braun? Gelb? Grün? Rosa? Ich zögere.
Das ist lächerlich, ich muss einfach nur irgendeine nehmen, egal welche.
Nein. Braun will ich nicht.
In *Reservoir Dogs* war es, glaube ich, Tarantino selbst, der sagte: »Mr Brown, that's like Mr Shit.«
Ich lächle.
Mein Vater mochte diese Szene sehr, er machte Steve Buscemi nach, mit leicht nach vorn geschobenen Zähnen.
»Why am I Mr Pink?«
Es ist entschieden, ich nehme die rosa Mappe und lege den Auszug der Geburtsurkunde meiner Mutter hinein.
Ich nehme meinen Füller und will die Mappe beschriften.

Aber was schreiben?? *Papa? Andrés Tod?*
Mein Stift verharrt in der Luft.
Ich rühre mich nicht. Die rosa Fläche scheint größer zu werden, sie wächst. Sie bedeckt meinen ganzen Schreibtisch, ich sehe nichts als sie. Ich halte den Atem an.
Ich möchte mich in diesen Marshmallow-Ozean stürzen und verschwinden.

Ich gehe bei Gegenwind die ansteigende Straße hinauf.
Der Sturm von Norden drückt mir die Mantelschöße an die Schenkel.
Heute rieche ich nichts, die kalte Luft hat die Gerüche des indischen Lebensmittelladens und die der Wäscherei fortgeweht.
Ich könnte mich vornüberbeugen, in den Wind lehnen, ich würde nicht fallen, der Wind würde mich halten.
Die Straße ist ausgestorben. Seit den Zeiten, als ich kolossal war, mag ich den Winter. Im Winter vermummen sich alle, sind alle dick.
Ich sehe mein Spiegelbild in der Schaufensterscheibe der großen Apotheke an der Ecke. Plattgedrückte Haare, rote Augen, die Haut blau vor Kälte, er wird mich hässlich finden.
Die Bars, der Briefmarken- und Stempelfabrikant, die großen Clownsschuhe und das Restaurant – ich bin da. Ich ziehe die Handschuhe aus, um in meinem Terminkalender zu blättern. Ich finde den Code wieder, A2496.
Die Sprechanlage, »Dzzzz«. Die Erde am Fuß der Rosen-

stöcke im Hof ist gefroren. Kümmert er sich um die Rosen, jetzt, wo keine Concierge mehr da ist? Wahrscheinlich. Ich kann ihn mir gut vorstellen mit einer Rosenschere in der Hand, mit gestreiften Gartenhandschuhen und einer großen grünen Gießkanne.

Das Wartezimmer ist so klein, dass meine Beine den Heizkörper berühren, sobald ich mich hinsetze.

Ich bin ein riesiger Eisblock, der zerfließen wird.

Auf der anderen Seite knarrt das Parkett: Bald bin ich dran.

Ich zerfließe in Tränen.

– Wir sind mit den Fortschritten Ihres Vaters sehr zufrieden.

Dr. J. lächelt uns an.

– Monsieur Bernheim isst gut, er bekommt viel Besuch – was wunderbar ist –, die meisten unserer Bewohner können das nicht von sich behaupten, seine seelische Verfassung hat sich beträchtlich verbessert. Und dann spricht er nicht mehr – sie zögert – von dem, wovon er vorher gesprochen hat.

Pascale versetzt mir einen leichten Fußtritt. Ich senke den Kopf, damit ich ihr nicht in die Augen sehen muss.

– Selbst was die Motorik betrifft, kann man eine Besserung erkennen, ich habe vorhin noch mit einem unserer Krankengymnasten darüber gesprochen.

Sie steht auf. Wir auch. Ich gehe auf sie zu.

– Ich hätte gerne eine Kopie der Krankenakte meines Vaters, wenn das möglich wäre.

– Zu welchem Zweck?
– Meine beste Freundin ist Professorin der Medizin, sie würde die Akte gerne einsehen.
– Sie braucht mich nur persönlich darum zu bitten.
Ich könnte erwidern, ich hätte mich im Internet vergewissert, dass die Klinik gemäß dem Gesetz vom März 2002 verpflichtet ist, uns eine Kopie aller gewünschten Dokumente auszuhändigen, und zwar innerhalb einer Frist von acht Tagen.
Aber ich halte meinen Mund.
Nachher rufe ich Marion an.

– Der Friedhof Montparnasse ist mir sehr recht, solange ich nicht zu dicht bei den Eltern eurer Mutter sein muss.
– Aber dann wirst du weit von Mama entfernt sein?
– Sie braucht sich mir nur anzuschließen. Sonst eben nicht. Ich will vor allem nicht bei diesen schrecklichen Leuten sein.
– Warum verabscheust du sie so sehr?
– Das habe ich euch schon fünfzig Mal erzählt.
– Nein.
Er seufzt.
– Aber ja doch ... Sie wollten nicht zu unserer Hochzeit kommen.
Weil ihre Tochter einen Homosexu-ellen heiratete.
Er hat das Wort mit gespitzten Lippen ausgesprochen, wie meine Großmutter.
Er schüttelt den Kopf.
– Schweinerei.

Pascale ruft an. Unser Vater hat sie gebeten, ihm Fotos von Raphaël mitzubringen, die in einer der Schubladen seines Schreibtisches liegen.
Als sie danach suchte, hat sie einen Antrag auf Verlängerung des Waffenscheins für eine Sig-Sauer-Pistole entdeckt sowie den Ablehnungsbescheid, der ihn aufforderte, sich von besagter Waffe in kürzester Zeit zu trennen. Der Briefwechsel stammt aus dem Jahr 1995.
Sie ist gleich in die Klinik gefahren, um unseren Vater danach zu fragen.
Wollte er schon damals Schluss machen?
»Ich weiß nicht mehr ...«, war seine Antwort.

Ich betrachte seine linke Hand, den Daumen, an dem ein kleines Stück an der Außenseite des Nagels fehlt, eine Verletzung, die er sich zuzog, als er in England im Trainingslager der Kadetten des Freien Frankreich den Umgang mit der Waffe erlernte. Er ist immer schon ungeschickt gewesen, er, dessen Finger so behände Klavier spielten.
– Was hattest du mit dieser Pistole vor?
– Nichts ...
Er senkt den Kopf mit einem leichten Lächeln. Ich lasse nicht locker.
– Na los, sag es mir.
– In dieser Zeit hatte ich einen Freund, der war etwas ... *gefährlich*.

Der Auszug aus der Geburtsurkunde meines Vaters ist angekommen.
André Louis Bernheim.
Geboren am 14. Juli 1920 in La Saussaye, im Département Eure.
Von Germaine Thérèse Rachel Fraenckel.
Und Georges Jacques Jules Bernheim.
Die letzte Erinnerung, die ich an meinen Großvater habe: in Paris, kurz vor seinem Tod. Er lebte in einer kleinen Wohnung, die er selten verließ, weil er kaum noch gehen konnte. Ich habe ihn mit meinen Eltern zusammen besucht, ob Pascale dabei war, weiß ich nicht. Ich trug ein Sommerkleid aus Baumwolle, bedruckt mit einem schwarz-rot-weißen Patchworkmuster, das mir meine Mutter bei Tiffany in der Rue de Sèvres gekauft hatte, nach unzähligen Stunden, die wir in den Läden des Viertels zugebracht hatten, um Kleider anzuprobieren, die an mir niemals gut aussahen, so dick wie ich war.
Während meine Eltern in der Diele mit der Krankenschwester sprachen, bin ich ins Wohnzimmer gegangen.
Mein Großvater stand da, an seinen Gehstock geklammert. Als er mich sah, erstarrte er. Er musterte mich von oben bis unten, dann von unten bis oben. Und er sagte zu mir: »Du siehst ja monströs aus.«
Ich glaube, das waren die letzten Worte, die er an mich gerichtet hat. Kurze Zeit später starb er.
Ich habe nie jemandem davon erzählt.
Los, hopp, ab in die rosafarbene Mappe damit.
Wenn nur mein Vater es sich nicht anders überlegt und sich doch für Elbeuf entscheidet.

Der Ergotherapeut ist gerade gegangen. Auf dem Tisch liegt ein aufgeschlagenes Heft, Seiten um Seiten voller zittriger Bögen, die Schreibübungen meines Vaters mit der linken Hand.

Wie soll er nur die *Freitodverfügung* verfassen können, die auf der blauen Liste mit den einzureichenden Dokumenten steht?

– Ich glaube, ich tue gut daran, auf den Friedhof Montparnasse zu gehen, was?

– Aber ja, das ist viel besser für Raphaël, für uns, für alle. Und außerdem habe ich dir nie erzählt, was dein Vater zu mir sagte, als ich ihn das letzte Mal sah.

– Ah ja?

Er zieht die Augenbrauen hoch, die linke höher als die rechte, was ihn seltsam dreinschauen lässt.

Ich fange an zu erzählen. Sein Lächeln wird immer breiter, während ich ihm das Kleid beschreibe, den Hemdblusenkragen, die leichten Puffärmel, das aufgedruckte Muster. Und ich darin, mit meinen fünfundachtzig Kilo, *kolossal*.

Ich komme zu der Reaktion meines Großvaters in dem Augenblick, als ich das Wohnzimmer betrete.

Lange habe ich meinen Vater nicht mehr so lachen hören. *Monströs*, er wiederholt das Wort mehrere Male und betont dabei die erste Silbe. *Mons*trös.

Er erstickt fast vor Lachen.

Ich nicht.

Endlich wird das Glucksen schwächer, dann bricht es ab.

Er scheint nachzudenken.

– Vielleicht sollte ich doch nach Elbeuf gehen, meinst du nicht?

Ich wechsle schnell das Thema. Wir sprechen über andere Dinge. Und dann breche ich auf.

– Auf Wiedersehen, Papa.

– *Mons*trös!

Selbst durch die geschlossene Tür höre ich ihn noch lachen.

Wir treffen uns mit einem befreundeten Paar im Restaurant zum Abendessen.

– Die Mädchen auf die Bank, *schlängelt euch durch.*

Ich rühre mich nicht. Ich starre auf die eng beieinanderstehenden Tische. Ich habe fünfundzwanzig Kilo zu viel, einen dicken Hintern, ich bin kolossal, ich bin monströs, wie könnte ich mich da *hindurchschlängeln*?

– Ich komme gleich, ich geh mir die Hände waschen.

Ich lasse mich auf den Toilettensitz fallen.

Ich suche in meiner Tasche nach der kleinen grünen Dose.

Stopp. Brauche kein Lexomil.

Reiß dich zusammen. Du bist jetzt groß.

Ich atme tief durch. Meine Oberschenkel liegen eng aneinander, aber sie berühren sich nicht vollständig. Es ist noch Luft dazwischen.

Als ich dick war, war das anders.

Rechts und links quellen meine Pobacken nicht über den Rand der Brille. Vorher schon.

Steh auf.

Ich sehe mein Gesicht im Spiegel über dem Waschbecken.

Damals blähte mein Vater seine Wangen auf, so weit er konnte, wie ein dicker Fisch, um meine ausladende Figur nachzuahmen.

Ich blähe meine Wangen auf und lasse die Luft wieder raus.
Sie sind fast hohl.
Alles ist gut.
Meine Jugend liegt weit hinter mir, mein Großvater auch, und mein Vater bald ebenfalls.
Das kalte Wasser auf meinen eisigen Händen kommt mir fast warm vor.
Ich richte mich auf.
Ich werde in den Speisesaal zurückgehen und Serges Augen leuchten sehen, wenn er mir zulächelt.
Ich werde mich zu der Bank durchschlängeln, ohne etwas umzuwerfen oder auch nur die Tischdecke in Unordnung zu bringen, und niemand wird sich über mich lustig machen.
Ich werde ein Filetsteak bestellen, blutig.
Ich habe Hunger.

Der Blick meines Vaters hängt an der Scheibe Bauernpastete, die Pascale gerade für ihn in kleine Stücke schneidet.
Bitte schön. Sie gibt ihm Teller und Gabel zurück, er fängt sofort an zu essen.
Ein Gürkchen, ein wenig Brot, ein Schluck Wein.
Hmmmm.
Wie alle *Bewohner* hat er von jetzt an einen eigens für ihn reservierten Tisch.
Wir haben dafür gesorgt, dass er nah am großen Glasfenster steht. In der Sonne schimmern die Augen meines Vaters *grünlicht* wie das Karomuster seines Hemdes.
Als er fertig ist, legt er die Gabel hin und schaut sich um.

– Schon unheimlich, all diese alten Zicken.

Er hat laut gesprochen, aber kein einziger Kopf dreht sich zu uns her. Alle schwerhörig, wahrscheinlich.

Das sollten wir nutzen.

– Papa, wem willst du Bescheid sagen?

Ohne auch nur eine Sekunde zu zögern, hebt er die linke Hand, den Daumen in die Luft gereckt, »Daniel«, dann der Zeigefinger »Micheline«, der Mittelfinger »Marion«, und seine Hand fällt zurück.

– Das ist alles.

– Und Mama?

– Später.

– Emmanuèle? Hier ist Micheline. André hat mit mir gesprochen.

Die Aufregung verleiht ihrer rauen Stimme einen kurzen, schrillen Klang.

– Du weißt, er ist fast wie ein Bruder für mich, und selbst wenn ich seine Entscheidung verstehe, ist das ...

Eine kurze Stille.

– Dein Vater konnte mir den Namen von euren Schweizern nicht sagen.

Ich nenne ihn ihr und füge hinzu, es sei der Verein gewesen, der ihn mir genannt hat.

– Ich habe eine Cousine in Genf, sie ist Ärztin – dein Vater kennt sie übrigens –, ich werde sie bitten, sich zu erkundigen ... Werdet ihr ihn dorthin begleiten?

Natürlich.

– Wie kommt ihr dorthin? Mit dem Zug? Mit dem Flugzeug?
Ich habe keine Ahnung. Ich habe noch nicht einmal darüber nachgedacht.

Ich bin auf der Startseite von TGV-Europe.
Hin- und Rückfahrt oder *Einfache Fahrt*?
Hin- und Rückfahrt für Pascale und mich, einfache Fahrt für unseren Vater?
Es schnürt mir die Kehle zu.
Einfache Fahrt für alle.
Abfahrt Paris. Ankunft Bern.
Mittwoch, 08.04.2009.
Wir fahren am Tag vorher los und gehen zum Abendessen ins Restaurant. Wir werden ein gutes aussuchen, das beste in ganz Bern. Gedämpftes Licht, ein kleiner Tisch, Pascale und ich unserem Vater gegenüber, Champagner oder ein exzellenter Wein, mit erhobenen Gläsern, »Auf dich, Papa«.
Anzahl der Fahrgäste?
Nur Pascale und ich? Wir können unseren Vater stützen, ihn vom Rollstuhl ins Bett bringen und vom Bett in den Rollstuhl. Aber können wir ihn waschen und ihm die Windeln wechseln? Und als letzte Erinnerung an ihn den Anblick seines verkümmerten Geschlechts und seines kotbeschmierten Hinterns behalten?
Am besten wäre es, Philippe, der Tagespfleger unserer Mutter, würde uns begleiten. Sylvia oder Annie würde ihn in seiner Abwesenheit bei ihr vertreten.

Wir fahren also zu viert, 1. Klasse.
Klick.
Das Ergebnis wird angezeigt: eine einzige Direktverbindung gibt es pro Tag, die um 17 Uhr 57 von der Gare de Lyon abgeht und um 22 Uhr 30 in Bern ankommt.
Das ist zu spät.

Air France bietet täglich nur zwei Flüge nach Bern, einen um 7 Uhr 55 – zu früh –, den anderen am späten Nachmittag – wieder zu spät.
Wir werden also mit Pascales rotem Wagen fahren. Er ist groß genug, um zu viert zu reisen, mit dem Rollstuhl im Kofferraum.

Das beste Hotel in Bern ist anscheinend das Bellevue Palace. Es ist *barrierefrei* ausgestattet.
Ich wähle für die Nacht von Mittwoch, dem 8. April, auf Donnerstag, den 9. April, ein Zimmer für Pascale und mich und eine Juniorsuite für meinen Vater und Philippe, Kategorie *Deluxe*, mit Blick auf die Berner Alpen und die Aare.
Eintausendvierhundert Schweizer Franken.
Das ist teuer, aber gestern habe ich eine Überweisung von der SACD bekommen, der Gesellschaft der Autoren und Komponisten für Bühne, Film und Fernsehen.
Also los.
Ich fülle das Formular aus, gebe meine Kreditkartennummer ein und bestätige.

Ein Hinweis zur Finanzierung.
In unseren Augen ist es wichtig, dass der Verein keine Mitgliedsbeiträge erhebt. Für uns spielen die Selbstbestimmung und der freie Wille eine zentrale Rolle, und sie werden in jeder Hinsicht ernst genommen.
Alle, die sich uns anschließen, sollen selbst entscheiden, welchen Wert die Existenz des Vereins und sein Angebot für sie darstellt, und können uns eine beliebige Spende überweisen, sei es als Einmalzahlung oder als Zahlung in selbstgewählten Abständen.
Wir vertrauen voll und ganz darauf, auf diese Art die notwendigen finanziellen Mittel zu erhalten, die wir so sparsam wie möglich verwalten.
Wir sind ehrenamtlich tätig. Es entstehen uns jedoch Kosten, etwa für das Büro, die Buchhaltung, den Druck und Ähnliches.
Das Mitglied übernimmt die Kosten für die Beratungsbesuche sowie die allgemeinen Kosten für die Begleitung des Freitods in der Schweiz.
Darüber hinaus legen wir großen Wert darauf, dass niemandem aus Geldmangel ein würdevoller Tod versagt bleibt. Aus diesem Grund haben wir einen »Hilfsfonds für Bedürftige« eingerichtet, der bei Bedarf genutzt wird.

Ich kann nicht einschlafen.
Ist der Rollstuhl meines Vaters zusammenklappbar?
Wenn nicht, passt er nicht in den Kofferraum. Wie werden wir die weite Reise in Pascales Auto aushalten?

Ich stehe auf. Wie oft bin ich in letzter Zeit so mitten in der Nacht aufgestanden?

Ich tippe »Rollstuhl Azalee« ein. Es gibt 20000 Google-Einträge, hauptsächlich Seiten für Medizintechnik.
Das Foto eines grauen Ungetüms springt mir ins Gesicht. Es ist riesig. Der nichtmenschliche Feind von Robocop, könnte man meinen. Die Kopfstütze wird sich von rechts nach links drehen, und wenn sie ihr Zielobjekt geortet hat, feuern die dicken Armlehnen los. Bumm.
Und wenn er sich meinen Vater vorknöpfen würde? Wenn er seinen kleinen Körper gefangen nähme, um ihn wie ein Nichts mit seinen metallenen Armen zu zerquetschen?
Ich scrolle die Seite nach unten, und das Ding verschwindet, es weicht der Beschreibung seiner Eigenschaften: regulierbar, verstellbar. Zusammenklappbar? *Es handelt sich nicht um einen Klappvorgang, sondern um die Demontage verschiedener Elemente, die Rückenlehne lässt sich auf die Sitzfläche herunterdrücken, wenn man den Sicherungsstift des Zylinders für die Schrägstellung herausnimmt (Demontage per Hand ohne spezielles Werkzeug).*
Das sehen wir dann. Ich habe kalte Füße, ich gehe wieder schlafen.

Ich bin mit schmerzendem Kiefer aufgewacht. Laut Serge habe ich die ganze Nacht mit den Zähnen geknirscht.

Kopien der Personalausweise meiner Eltern, des Familienstammbuches und ihrer letzten Gas- und Stromrechnung; die rosafarbene Mappe füllt sich allmählich.
Wenn ich die Krankenakte habe, fehlt noch die Schriftprobe meines Vaters, seine Verfügung des freiwilligen Todes, die Erklärung von Pascale und meine eigene. Und – die letzten Zeilen auf dem blauen Blatt Papier – *die Adresse, an die die Urne oder der Sarg geschickt werden soll (Bestattungsinstitut).*

Die Wangen meines Vaters sind vor Aufregung gerötet.
– Ich hatte gerade einen längeren Besuch von François, er hat mir von der Saint-Laurent-Versteigerung erzählt. Unglaublich, die Preise …
Der Katalog liegt auf seinen Knien, aufgeschlagen auf der Doppelseite mit dem Mobile von Calder.
– Und außerdem bin ich ziemlich froh, seit heute Morgen kann ich fast wieder richtig lesen.
Es klopft an der Tür. Ein junger Pflegehelfer mit hellen Augen kommt herein, mit einem winzigen Fläschchen in der Hand. Mein Vater lächelt.
»Ah, Christophe!« Sein *Chris* ist knisternd, sein *tophe* seidig weich.
– Ihre Augentropfen, Monsieur Bernheim.
Mein Vater legt den Kopf in den Nacken, Christophe beugt sich über ihn, hält vorsichtig sein Gesicht und träufelt ihm einige Tropfen an den Rand der Lider.
Er richtet sich auf, schließt das Fläschchen: »So, das wär's.«

– Danke, Christophe.
– Bis später, Monsieur Bernheim.
Mein Vater schaut ihm nach, bis er verschwunden ist.
Und es sind nicht die Augentropfen, die seine Augen glänzen lassen.

Als ich die Klinik verlasse, treffe ich Dr. J. Sie zieht ihren Handschuh nicht aus, um mir die Hand zu geben.
– Ihre Freundin hat mich angerufen. Ich habe ihr die Krankenakte Ihres Vaters geschickt, wie sie es erbeten hat.
Noch bevor ich mich bedanken kann, kehrt sie mir den Rücken zu, und die Flügeltüren schließen sich hinter ihr.

– Daniel wird im Mai am Herzen operiert. Das ist ein großer Eingriff. Und es wäre mir nicht recht, in die Schweiz zu fahren, bevor ich nicht weiß, wie es ihm geht. Meinst du, es wäre möglich, den Termin etwas zu verschieben?
Und wenn es, wie in Horrorfilmen, unmöglich wäre, den Termin abzusagen, wenn man ihn einmal vereinbart hat? Wenn der Tod meinen Vater am 9. April holen würde, auf die eine oder andere Weise?
Auf meinen Armen haben sich die Härchen aufgestellt. Ich habe Gänsehaut.
Schnell wähle ich die Nummer der Schweizer Dame. Sie nimmt sofort ab. Ich erkläre ihr die Lage, sie versteht. Kein Problem. Puh.
Also dann auf Wiedersehen, Madame Bernheim.
Mein Vater nickt: »Es ist besser so.«

Ich rufe sofort Pascale an.
– Glaubst du, er hat seine Meinung geändert?
Ich entdecke eine entkorkte Flasche Champagner auf dem Fensterbrett, kaltgestellt.
– Es kommt mir so vor.

Mein Bus steht an der Haltestelle. Ich müsste nur loslaufen, um die Straße zu überqueren und ihn zu erwischen, aber ich kann nicht, meine Knie sind weich, ich habe keine Kraft mehr. Der Bus fährt los, und ich bleibe auf der anderen Straßenseite zurück. Ich wünschte, man brächte mich fort, weit weg von dieser Klinik, weit weg von meinem Vater, weit weg von hier.
Ich lasse mich auf den Sitz der überdachten Bushaltestelle fallen. Zwischen zwei Häusern ist der Mond aufgegangen. Ich sehe den Terminkalender wieder vor mir, den großen lächelnden Mond vom Donnerstag, dem 9. April, und plötzlich, ich weiß nicht warum, muss ich weinen.

Vor meiner Haustür finde ich die Krankenakte, die Marion dort abgelegt hat. Ohne sie auch nur zu öffnen, stecke ich sie in die rosafarbene Mappe und verstaue das Ganze hinten in einer Schublade meines Schreibtischs.
Ich werde sie nicht mehr brauchen.
Ich storniere die Reservierung im Hotel Bellevue.

Serge wird spät heimkommen. Ich habe keinen Hunger.
Ich werde schlafen gehen.
Zum ersten Mal seit Monaten schlafe ich sofort ein, ohne Lexomil, ohne alles.

– Nuèle, das ist unglaublich, ich habe es geschafft, dich anzurufen, ganz allein, ich habe selbst die Nummer gewählt.
Ich beglückwünsche ihn.
– Ganz allein! Niemand hat mir geholfen!
Fröhlich posaunt er in den Hörer.
Die Märzsonne erhellt mein Arbeitszimmer. Ich stelle mir meinen Vater vor, im orange gefärbten Licht seines Zimmers, sein Lächeln, eines mit Lachfältchen.
– Ich wollte dir sagen, dass wir etwas vergessen haben, nämlich einen neuen Termin auszumachen.

Ich rufe Pascale wieder an.
Dann öffne ich die Schublade.
Der rosafarbene Ordner, die blaue Mappe; am liebsten würde ich mich übergeben.

Die Schweizer Dame, Pascale, mein Vater und ich einigen uns auf den 11. Juni, einen Donnerstag.
Und ich reserviere zwei Zimmer im Hotel Bellevue.

Als ich ins Zimmer komme, schaut mein Vater fern.
»Schch.«
Auf dem Bildschirm zeichnet eine schwarze Linie kleine Hügel, einige Talsohlen und plötzlich eine abrupte Klippe und eine riesige Kluft.
Heute ist der Leitindex der Pariser Börse CAC 40 auf weniger als 2500 Zähler gefallen, den niedrigsten Wert seit dem Platzen der Internetblase vor sechs Jahren.

Ich beobachte meinen Vater, seine linke Hand auf der Fernbedienung, den Kopf zum Apparat gedreht.
Er hat mir oft erzählt – und es sah jedes Mal so aus, als würde er in sich zusammenfallen –, wie sein Vater ihm, kurz bevor er starb, *ins Gesicht geschleudert* hat: »Du wirst jämmerlich enden. Ohne einen Heller in der Tasche.«
Mir fällt das Rauschen von Radio Europe 1 ein, das wir während der Ferien in dem abgelegenen Haus in Südfrankreich nur schlecht empfingen, wie er, mit verzerrtem Gesicht, das Transistorradio an sein Ohr drückte, um *Top à Wall Street* zu hören, jeden Abend nach dem Essen.
Ich höre *Börsenkrach*, *Schwarzer Montag*, und dann nichts mehr; mein Vater hat den Fernseher ausgeschaltet und die Fernbedienung aufs Bett geworfen.
Er dreht sich zu mir.
Eine schnelle Bewegung mit der linken Hand, die Handfläche steht kurz in der Luft, *juckt mich nicht*. Und ein breites Grinsen.
Sein Gesicht ist glatt, entspannt. Er pfeift drauf. Das geht ihn nichts mehr an.
Ich begreife jetzt, dass mein Vater wirklich beschlossen hat zu sterben.

– Ich komme sofort!
Ich klappe mein Handy zu, greife nach meiner Tasche. Keine Zeit, auf den Aufzug zu warten; während ich die Treppe hinunterhaste, hole ich meine Navigo-Karte heraus. Schon bin ich auf der Straße. Ein freies Taxi hält an der Ampel.
Nach Cochin, bitte.

Ihr Vater ist ohnmächtig geworden.
Es ist nach dem Waschen passiert, eine Art Schwindelanfall.
Die Klinik hat ihn sofort in die Notaufnahme gebracht.
Das Taxi jagt die Kais entlang.
Plötzlich stelle ich mir die abgestellten Maschinen vor, die wie nutzlose Tentakel herunterbaumelnden Schläuche; kein einziges Lämpchen mehr, kein einziger Piep, und, in der Stille, das Schluchzen meiner Schwester.
Ich brauche Luft. Ich lasse das Fenster herunter. Es ist mild, die Touristen auf dem Pont-Neuf tragen schwarze Sonnenbrillen und kurze Ärmel.
Und wenn mein Vater darauf gewartet hat, Gewissheit zu haben über den Zustand von Daniel, um heute zu sterben?
Ich schließe die Augen.
Als ich das Taxi bezahle, merke ich, dass ich immer noch meine Navigo-Karte in der Hand halte, so fest umklammert, dass eine rote Furche sich quer über die Handfläche zieht.

Der Assistenzarzt hat Pascale erklärt, er habe nichts Beunruhigendes feststellen können, außer einem recht niedrigen Blutdruck.

Mein Vater liegt auf einer schmalen Trage und wartet auf den Krankenwagen, der ihn zurück in die Klinik bringen wird.

Ich trete näher, und seine weit geöffneten Augen richten sich auf mich. Er ist sehr blass.

– Wie fühlst du dich?

Sein Gesicht verzieht sich.

– Ich hatte große Angst.

– Mach dir keine Sorgen, es ist alles in Ordnung, der Arzt hat gesagt, es sei nicht schlimm, nur ein Problem mit dem Blutdruck.

Er schüttelt den Kopf.

Seine linke Hand krallt sich in das Laken.

– Ich habe Angst vor einem weiteren Schlaganfall. Wenn es mich im Kopf erwischt, ist es aus, dann kann ich nicht mehr dorthin fahren.

Eine Träne läuft über seine Schläfe.

Die Schweizer Dame hat Pascale angerufen, um ihr die Kontaktdaten eines Berner Bestattungsinstituts mitzuteilen, mit dem der Verein regelmäßig zusammenarbeitet. Im Übrigen ist alles geregelt, sie hat die Dokumente ordnungsgemäß erhalten, abgesehen von der schriftlichen Erklärung unseres Vaters, die sie nicht unbedingt braucht; durch das Gespräch, das sie bei ihrem Paris-Besuch mit ihm geführt hat, ist sie in der Lage, seine Entschlossenheit zu bestätigen. Das ist ausreichend für die Schweizer Justiz.

Und für die französische Justiz?
Weder meine Schwester noch ich haben uns bislang diese Frage gestellt.
Es ist uns nicht einmal in den Sinn gekommen, einen Anwalt zu konsultieren. Jetzt wird es Zeit.
Wir könnten uns an Rechtsanwalt Bierce wenden, den Anwalt unseres Vaters. Er hat ihn mehrmals in der Klinik besucht und weiß um seinen Zustand.
Ich kümmere mich darum.
Er ist in seiner Kanzlei, seine Sekretärin lässt mich ein paar Minuten warten, dann stellt sie mich durch.
Ich erzähle ihm von der Schweizer Dame, vom Dossier, dem 11. Juni. Alles. Er hört mir zu, ohne mich zu unterbrechen. Schließlich frage ich ihn, was wir riskieren, meine Schwester und ich, und ob er gegebenenfalls bereit wäre, uns zu beraten.
Er antwortet mir nicht. Kein einziges Wort. Nichts. Ist die Leitung blockiert? Ich drücke das Telefon an mein Ohr.
Ich meine, ein Atmen zu hören.
– Maître Bierce? Hallo?
Ein leichtes Räuspern.
– Störe ich Sie gerade? Ich kann Sie später wieder anrufen, wenn Ihnen das lieber wäre.
Ich höre ein kurzes Einatmen oder ein Seufzen.
– Nein ... nein ... Sie stören mich nicht ... Aber es tut mir leid ... ich kann nichts für Sie tun ...
Und er legt auf.

Ich bleibe einen Moment lang reglos sitzen, schaue auf das Telefon, höre das Tuten des *Besetzt*-Zeichens.
Dann rufe ich Pascale zurück.
Meine Hände sind eisig.

Serge empfiehlt mir, Georges anzurufen, Georges Kiejman, den wir beide seit langem kennen.

Gleich als Erstes fragt mich Georges, ob wir eine schriftliche Absichtserklärung meines Vaters hinsichtlich seines Sterbewunsches haben.
Da er nicht schreiben kann, haben wir keine.
– Kann er sprechen? Dann nehmt ihn auf Tonband auf oder filmt ihn. Das muss sofort geschehen.
Dann befragt er mich zum Zustand meines Vaters, zu seiner Krankenakte. Ich antworte ihm und füge hinzu, dass er, laut des Schweizer Vereins, die erforderlichen Bedingungen für einen assistierten Suizid uneingeschränkt erfüllt – ein klares Bewusstsein und keine Aussicht auf Heilung, unter anderem.
– Dein Vater hat auf mich immer den Eindruck eines sehr willensstarken Mannes gemacht, dem man nicht leicht etwas abschlägt, was immer es auch sei. Ich bin trotzdem etwas überrascht, dass er das von seinen Kindern verlangt. Wenn ich an seiner Stelle wäre, würde ich wohl jeden Abend meine Schlaftabletten beiseitelegen, um sie alle auf einmal zu nehmen, sobald ich eine ausreichende Menge beisammenhätte.
Ein kleiner Haufen weißer Tabletten und genauso viele Nächte ohne Schlaf. Völlig ausgeschlossen.

Dann will Georges wissen, ob wir vorhaben, ihn in die Schweiz zu begleiten.
Natürlich, wir werden ihn hinbringen und bis zum Ende bei ihm sein.
– Es ist mir nicht so lieb, dass ihr ihn *hinbringen* wollt, mir wäre es lieber, wenn ihr ihn dort *trefft*.
Ich betrachte die Startseite des Hotel Bellevue und sehe uns auf der Terrasse zu Abend essen, Pascale und ich an der Seite unseres Vaters, im milden Juni-Licht.
Nein, ich werde meine Reservierung nicht stornieren.

Ich treffe Alain Cavalier auf der Terrasse eines Cafés, vor einem kleinen modernen Gebäude in der Nähe der Klinik. Er zeigt mir, wie seine Kamera funktioniert. Ich betrachte seine Finger auf dem metallenen Gehäuse. Die Nagelmonde seiner Daumen erscheinen mir riesig, wie weiße, halbgeschlossene Lider.
Ich mache einen Versuch. Zum ersten Mal in meinem Leben halte ich eine Kamera in der Hand. Ich bewege mich zu stark, das Bild ist verwackelt.
Noch mal von vorne. Jetzt ist es besser.
Alain zeigt mir, aus welcher Entfernung ich aufnehmen muss, nicht zu dicht dran, nicht zu weit weg.
Er überprüft die Tonspur.
In Ordnung, ich kann loslegen.
Auf dem Weg zur Klinik frage ich mich, ob er mit dieser Kamera, die ich da umklammert halte, seinen Vater gefilmt hat, als er tot war.

– Was ist das?
– Das ist eine digitale Kamera.
Mein Vater macht ein enttäuschtes Gesicht. Als ich ihm ankündigte, ich würde eine Kamera ausleihen, um ihn zu filmen, hat er sich bestimmt eine riesige schwarze Maschine vorgestellt, mit Filmkassetten wie Micky-Maus-Ohren obendrauf.
– Das ist die von Alain Cavalier, er hat sie mir geliehen.
– Aha!
Er hat fast alle Filme von Cavalier gesehen.
Er richtet sich auf.
– Also gut, was soll ich tun?
– Du sollst deinen Willen formulieren, in die Schweiz zu fahren, genauso wie du es schriftlich gemacht hättest, wenn du dazu in der Lage wärst.
Er nickt.
Sehr aufrecht in seinem Sessel, die Hände auf den Armlehnen, erweckt er den Anschein, auf einem Thron zu sitzen.
Er räuspert sich.
Seine Augen sind auf die Kamera geheftet. Er ist bereit.
»Meine lieben Kinder, meine lieben Enkelkinder …«
Er hebt den linken Arm in einer weit ausholenden Geste.
»… ich denke, ich hoffe, dass ihr meine heutige Entscheidung verstehen werdet …«
Noch nie habe ich ihn so sprechen sehen oder gehört. Man könnte meinen, er befände sich mitten im Wahlkampf.
»Ich hatte das große Privileg, ein erfülltes Leben zu haben, ein schönes Leben alles in allem …«
Ich beiße mir von innen auf die Wange, um nicht in Lachen auszubrechen.

»... Und jetzt, da es sich seinem Ende nähert, möchte ich mich von euch verabschieden und auch euch ein schönes Leben wünschen, voller Entdeckungen und Begegnungen und ...«

Er zögert. Will er noch etwas hinzufügen? Ich sage nichts, ich darf seine Worte in keiner Weise lenken oder in die Aufnahme eingreifen.

»... so ist es nun.«

Er legt den Arm auf die Lehne und lächelt in die kleine Kamera.

– Wie war ich?

Françoise legt die Aufnahme in einen Apparat und schaltet den Monitor ein. Der Zähler läuft. Sie geht hinaus.

Ich bleibe allein in dem kleinen Schneideraum.

Mein Vater erscheint auf dem Bildschirm.

Ich vergesse sofort seine Abgeordnetengesten und seinen Teleprompter-Tonfall, ich sehe nur noch seinen kleinen Kopf, sein zerknittertes Gesicht, grau wie sein Hemd, und seinen Hühnerhals. Zum ersten Mal bemerke ich, dass mein Vater ein alter Mann ist.

Der Film ist zu Ende, der Bildschirm schwarz.

Ich öffne die Tür, Françoise kommt zurück, drückt auf Knöpfe und Tasten. Der Apparat wirft eine noch warme DVD aus.

Bevor ich gehe, frage ich sie, ob es wirklich diese Kamera war, mit der Alain seinen toten Vater gefilmt hat.

Ja.

In der Metro habe ich den ganzen Weg über den Eindruck, nur alte Menschen um mich herum zu sehen, und sobald ich den Blick senke, starrt mich die DVD aus ihrer durchsichtigen Box heraus an, wie eine große, weiße Pupille.

– Nuèle.

Daumen und Zeigefinger sind erhoben, was er zu sagen hat, ist wichtig.

– Vielleicht ist nun der Moment gekommen, mich in *das Abschiedszzzeremoniell zu stürzzzen*, oder?

Er lächelt, wie jedes Mal, wenn er die Zischlaute betont, um meine Großmutter mütterlicherseits nachzuahmen.

Er hat über eine Liste von Freunden nachgedacht, die er *kommen lassen* will.

Ich bitte ihn, vorsichtig zu sein, es dürfe sich nicht zu sehr herumsprechen.

Und dann kann man auch nicht vorhersehen, wie der Einzelne reagieren wird.

Er zuckt mit den Schultern.

Er möchte zuallererst seine amerikanische Cousine anrufen, das Familienmitglied, dem er von jeher am nächsten steht.

In letzter Zeit haben sie öfter miteinander gesprochen, aber er hat ihr gegenüber noch nicht *die Katze aus dem Sack gelassen*, wie er sagt.

Ihm wäre es lieber, wenn ich das täte.

Ich will nicht, es ist seine Entscheidung.

Er besteht darauf, er spreche am Telefon zu undeutlich, als dass sie ihn gut verstehen könne.

Nein.

Schließlich gebe ich nach. Wie Georges sagt, mein Vater ist ein extrem willensstarker Mann, dem man nicht leicht etwas abschlägt, was immer es auch sei.

Er schafft es, mir die vollständige Nummer seiner Cousine zu nennen, ohne in sein Adressbuch zu schauen, und gluckst vor Freude darüber.

In New York ist es zehn Uhr morgens, sie ist zu Hause. Ich erkläre ihr alles. Sie unterbricht mich, bittet mich, zu wiederholen.

Mein Vater lässt das Telefon nicht aus den Augen.

Am anderen Ende der Leitung herrscht Schweigen, und ich denke an jenes lange Schweigen von Maître Bierce. Dann:

– Gib ihn mir mal.

Ich gebe meinem Vater das Gerät und verlasse das Zimmer. Einige Minuten später komme ich wieder herein. Mein Vater hat aufgelegt. Er gibt mir das Handy zurück.

– Sie ist *sehr dagegen*.

Er verzieht die Mundwinkel, aber seine Augen funkeln.

– Sie wird herkommen. Sie will mich umstimmen.

Ich verlasse die Klinik. Da kommt der Bus, ich erwische ihn gerade noch. Just in dem Moment, als er losfährt, meine ich den Wagen von G. M. um die Kurve biegen zu sehen.

Die Rosenstöcke des schmalen Hofes stehen in Blüte, und der Heizkörper im Wartesaal ist abgestellt. Bald ist Sommer, bald ist der 11. Juni.
Auf der anderen Seite der Tür knarrt das Parkett. Gleich bin ich dran. Endlich.

Als ich auf die Straße trete, schalte ich mein Handy wieder ein. Eine Nachricht von Pascale, mit stockender Stimme.
Ich rufe sie sofort zurück.
Sie sagt mir, Maître Bierce, der vor kurzem erfahren hatte, dass er unheilbar krank ist, habe sich das Leben genommen.
Ich kann nichts für Sie tun, ein Tuten ins Leere.
Im Schaufenster der großen Apotheke an der Ecke sieht mein Spiegelbild bleich aus.

Wir treffen uns in der Klinik, um unserem Vater die Nachricht zu überbringen. Da er es zwangsläufig erfahren wird, kann er es ebenso gut von uns hören.
– Das ist entsetzlich ... entsetzlich.
Sein Kopf fällt auf die Brust und setzt sich in Bewegung, von links nach rechts, von rechts nach links.

Da die amerikanische Cousine meines Vaters nicht mehr allein reisen kann, ist sie in Begleitung einer ihrer Töchter gekommen.
Kaum haben sie ihr Gepäck im Hotel abgestellt, eilen sie in die Klinik.

Ich gehe, bevor sie da sind, mir ist es lieber, dass er mit ihnen alleine ist.

Mein Vater hat den Teller Cannelloni fortgeschoben, ohne ihn auch nur angerührt zu haben. Er hat keinen Hunger. Das Treffen mit seiner Cousine ist schlecht verlaufen.
Er hat versucht, sich zu erklären, aber sie hat nichts hören wollen. Sie hat ihm wieder und wieder gesagt, sie habe bereits ihren Vater, ihren Bruder und ihren Ehemann verloren und werde nun ihren Lieblingscousin nicht einfach so gehen lassen.
Sie hat hinzugefügt, sie sei zu allem fähig, um ihn davon abzuhalten.
Auch ihn bei der Polizei zu melden.
Er dreht mir sein Gesicht zu, das ganz in sich zusammengefallen ist.
– Vielleicht wäre es gut, wenn du mit ihr sprichst.
Nein.
Ich habe genug getan. Zu viel sogar. Ich habe ihm in allem nachgegeben.
Jetzt reicht es. Soll er sich allein rechtfertigen. Soll er allein mit seiner Cousine zurechtkommen, und mit allen anderen. Mir reicht's.
Am liebsten würde ich seinen vollen Teller gegen die Wand knallen, das Brötchen und das Glas Wein, alles, was auf dem Tisch steht, und den Tisch gleich mit und ihn anschreien, er solle aufhören zu essen und einfach vor Hunger sterben und mich in Frieden lassen.
Aber ich tue es nicht.
Ich gehe.

Die Automatiktüren öffnen sich nicht. Nach 19 Uhr braucht man einen Zahlencode, um aus der Klinik herauszukommen. Ich habe ihn vergessen, am Empfang ist niemand, ich bin hier eingeschlossen, mit all diesen schrecklichen alten Leuten. Sie werden auf mich zukommen wie die Leprakranken in *Das indische Grabmal*, wie Zombies.
Ich will hier raus.
Eine Pflegehelferin erscheint auf der anderen Seite der Glasscheibe und macht mir auf.
Endlich frische Luft.

Ich nehme kein Lexomil, ich laufe. Schnell, lange.
Füße, Knöchel, Waden, Kniegelenke, die Oberschenkelmuskulatur, mein Körper bewegt sich von allein. Ich brauche ihm nur zu folgen, ohne an irgendetwas zu denken, höchstens an den Gehsteig, der immer weicher wird, fast federt er unter meinen Turnschuhen.
Ich könnte immer so weitergehen, einfach geradeaus, egal wohin, bis ans Ende der Welt.
Aber Serge wartet auf mich.

Ich klopfe leise an die Tür. Keine Antwort. Lautlos gehe ich hinein. Mein Vater sitzt im Sessel und schläft.
In letzter Zeit hat er sich sehr angestrengt. Seine amerikanische Cousine ist mit ihm zur Kandinsky-Ausstellung im Beaubourg gegangen und ins Grand Palais zur Ausstellung der Warhol-Porträts. Und dann hat er viel Besuch bekommen. Seine *Abschiedstournee*.

Ich setze mich ihm gegenüber auf den Stuhl mit den kannelierten Beinen.
Er kommt mir sehr schmächtig vor.
Bis zu seinem Schlaganfall hat er Gymnastik gemacht, Bauchmuskelübungen und Hanteltraining. Jetzt sind seine Oberschenkel ziemlich zusammengeschnurrt, genau wie die Muskeln seiner Arme.
Seine Füße kommen mir noch kleiner vor als sonst.
Er hatte Schuhgröße 41. Manchmal habe ich ihm Schuhe zu seinem Geburtstag geschenkt, die ersten weißen Puma mit Klettverschluss; und später, mit meinen ersten Tantiemen, ein Paar Weston, ziemlich robust, aus kastanienbraunem Leder, die er fast nie getragen hat, weil sie ihm zu steif waren.
Ich betrachte seine linke Hand, die Narbe an der Seite des Daumens.
Die Geräusche des Fernsehers aus dem Nebenzimmer werden allmählich leiser; ich höre nur noch meinen Vater, sein Atmen und sein leichtes Schnarchen.
Heute ist er hier, vor mir, so nah, dass ich sein Knie berühren oder meine Hand an seine Wange legen kann. Ich kann aufstehen und ihm einen Kuss auf den Schädel geben, ich kann, wie als Kind, versuchen, ihm in die Nase zu beißen, oder an den blonden Haaren seines Unterarms ziehen oder aber mein Gesicht an seinem Hals vergraben und seinen Geruch einatmen.
Aber in genau einer Woche wird er nicht mehr da sein.
Ich werde ihn nicht mehr sehen.
Nie mehr.
– Papa!

Kaum hat er die Augen geöffnet, wandert sein Blick an mir vorbei.
Ich drehe mich um.
– Da, nimm das mal weg.
Das ist ein kleiner Strauß, dessen Stängel in einem mit Wasser gefüllten Plastikbeutel stecken, der als Vase dient.
Ich nehme das Ganze in die Hand, der Beutel ist aufgequollen und schlaff.
– Kalter Sack.
Mein Vater prustet. »Was?«
Ich lege ihm das weiche Behältnis in die linke Hand.
Er wiegt es mit der Hand und wiederholt »*Kalter Sack*«.
Er gibt seltsame Geräusche von sich, kehlige, näselnde Laute, die ich von ihm nicht kenne.
Er schluchzt vor Lachen.
Er ist ganz rot im Gesicht.
– Papa? Sachte.
Ich versuche ihm den Strauß abzunehmen, aber er lässt ihn nicht los.
Er hat Schluckauf. Auf seiner linken Wange glitzern zwei Tränen, die sich zwischen den kurzen Barthaaren verfangen haben.
»*Kalter Sack.*« Er wird vor lauter Lachen keine Luft mehr bekommen.
Ich stehe auf, um ihm auf den Rücken zu klopfen, aber mein Arm verharrt in der Luft.
Und warum nicht? Wäre es nicht besser, so zu sterben, als in der Schweiz Gift zu schlucken?
Ich setze mich wieder hin.
Der Schluckauf lässt nach, er bekommt wieder Luft.

Sein Gesicht ist rosig, strahlend. Das ist kein alter Mann mehr, das ist mein Vater von früher.
Ich stehe auf und nehme ihn in den Arm, und ich gebe ihm einen Kuss auf den Schädel und ich vergrabe mich im Kragen seines grünlicht karierten Hemdes, an seinem Hals.
Mein Vater.
Als ich aus dem Zimmer gehe und den Strauß mitnehme, fängt er wieder an zu lachen.

Zu Hause angekommen, finde ich mehrere Nachrichten der amerikanischen Cousinen vor. Sie wollen mich und Pascale unbedingt sehen.
Ich werde sie später zurückrufen. Am Montag.
An diesem Wochenende gehe ich nicht in die Klinik. Mein Vater erwartet Freunde, die unter der Woche nicht kommen konnten. Außerdem muss er mit Noémie und Raphaël sprechen, und mit meiner Mutter.

Es ist kalt und es regnet. Serge ist in seinem Arbeitszimmer beschäftigt.
Ich sitze in meinem eigenen und gehe wieder und wieder die Details der Reise nach Bern durch.
Mittwoch, 10 Uhr. Abfahrt meines Vaters im Krankenwagen. Das ist bequemer für ihn. Wir haben der Klinikleitung Bescheid gesagt, dass er in die Provinz fahren müsse, um eine notarielle Angelegenheit zu regeln.
Von Paris bis Bern sind es 585 Kilometer. Er wird uns dort, im Hotel Bellevue, gegen 17 oder 18 Uhr treffen.
Pascale, Dialika – eine frühere Pflegehelferin, die mein Va-

ter sehr mochte – und ich nehmen den Flieger um 7 Uhr 35. Wir werden um 8 Uhr 55 in Bern sein.
Mein Vater drängt uns sehr, ins Zentrum Paul Klee zu gehen, während wir auf ihn warten, auch wenn er es damals etwas enttäuschend fand. *Sonst hängt ihr bloß den ganzen Tag herum.*
Nach seiner Ankunft wird Dialika ihm die Windeln wechseln, er wird sich ein wenig ausruhen, dann werden wir zum Abendessen hinuntergehen.
Vielleicht wird er sich, einmal in Bern angekommen, eines anderen besinnen, und wir kehren alle zusammen nach Paris zurück.
Ich habe die Schweizer Dame gefragt, ob einzelne Klienten ihren Entschluss rückgängig gemacht haben. Sie sagte, dies sei nur einmal vorgekommen. Der Mann, recht betagt und sehr krank, wurde von seiner jungen Frau begleitet. Sie sind in Bern spazieren gegangen, und für ihren letzten Abend hat er ihr ein rotes Kleid geschenkt.
Während sie sich umzog, wartete er in der Hotelbar auf sie. Und als sie ihm in dem roten Kleid gegenübertrat, hat er sie so schön gefunden, dass er beschloss, weiterzuleben.
Am Tag darauf haben sie die Schweizer Dame zu einem Glas Champagner eingeladen und sind abgefahren.

Vor etwa einem Monat erzählte mir mein Vater, er habe am Vorabend im Grand Journal auf Canal Plus *einen wunderbaren Typen* gesehen, den amerikanischen Fotografen David LaChapelle. Und er fügte hinzu: »Weißt du, für so einen wie den würde ich auf die Schweiz verzichten.«

Hätte ich versuchen sollen, mit LaChapelle Kontakt aufzunehmen? Und ihn zu meinem Vater zu bringen?
Stopp. Das reicht.
Ich muss noch das Voltaire anrufen.
Thierry ist am Apparat. Er stößt verstörte Rufe aus, als ich ihm erzähle, was meinem Vater zugestoßen ist. Er reserviert uns einen Tisch für drei Personen, am Dienstag um 12 Uhr 30 auf der Terrasse, denn das Restaurant ist mit dem Rollstuhl schwer zugänglich.
– Und wenn es regnet?
– Die Terrasse ist überdacht. Und wir werden uns gut um ihn kümmern ... Geben Sie ihm bitte ganz viele Küsse von mir, ja?
»Bis Dienstag.«
Ich lege auf und verlasse mein Arbeitszimmer.

Wäre Serge nicht da, würde ich mich einschließen und im Bett bleiben, um Horror- und Kriegsfilme anzuschauen.

Ich gehe einkaufen.
Das Hämmern der Regentropfen auf der Kapuze meines Regenmantels hallt in meinem Kopf wider und rhythmisiert meinen Schritt wie ein Militärmarsch, in Endlosschleife skandiert vom Ausbildungsoffizier aus *Full Metal Jacket* und von den jungen Rekruten im Chor wiederholt.
Papa and Mama were lying in bed
Papa and Mama were lying in bed
Rechter Fuß, linker Fuß.
Mama rolled over and this is what she said
Mama rolled over and this is what she said

Nachdem mein Vater diesen Film gesehen hatte, pfiff er die Melodie vor sich hin und brüllte »*Sir Yes Sir*« und imitierte die Habtachtstellung, steifer Rücken und erhobenes Kinn.
Er brachte mich zum Lachen.
Eins zwei, eins zwei.

Warum nur blieb ich einst nicht hart?
Warum nur blieb ich einst nicht hart?
Die Einkaufstasche schaukelt vor und zurück.
Als Vater mich um Hilfe bat
Als Vater mich um Hilfe bat
Und ich kann nicht mehr aufhören; beim Gemüsehändler, beim Fischverkäufer, in der Bäckerei und im Aufzug suche ich Reime, zähle Silben.
Endlich stoße ich die Wohnungstür auf, und da ist Serge.
Gewehr ... bei Fuß. Rührt euch.

Mein Vater ruft mich an.
– Das wäre geschafft. Ich habe mit deiner Mutter gesprochen.
– Und?
– Nichts und. Sie schien mäßig bewegt.
Er seufzt.
– Ich verstehe nicht, warum sie mich nie verlassen hat, nach all dem, was ich ihr angetan habe.

Ich rufe meine Mutter an.
– Papa hat also mit dir gesprochen?
– Ja. Er war sehr bewegt. Ich weniger.

– Na hör mal … du bist ja nicht gerade besonders niedergeschlagen?
– Überhaupt nicht.

Und wieder Nachrichten von den amerikanischen Cousinen, Pascale hat auch welche bekommen.
Wir vereinbaren ein Treffen für morgen, Montag, um 11 Uhr in der Bar ihres Hotels.
Pascale ruft mich noch einmal an. »Und wenn wir sofort hinfahren? Genauso gut können wir die Diskussion gleich jetzt führen.«
Einverstanden.
Sie erwarten uns. Und unser Vater ist bei ihnen.
Ich habe mich wohl gefühlt, auf dem Sofa, so an Serge gekuschelt. Wir hatten den Kamin angemacht.
Los jetzt, ich stehe auf, streife mir den Parka über. Schon bin ich draußen, unter dem grauen Himmel, im Regen.

Am Ende der Straße entdecke ich den weißen Regenmantel meiner Schwester. Gemeinsam betreten wir das Hotel.
Sie sind da, alle drei, bei einer Tasse Tee, die Mutter, die Tochter und unser Vater. Schnelle Küsschen links und rechts und wir nehmen Platz.
Beide sitzen uns gegenüber. Die gleichen grauen Haare, die gleichen auf uns gerichteten Augen, sie ähneln sich.
Hinter ihnen sehe ich den Innenhof. Grünes, fast smaragdfarbenes Moos wächst zwischen den Platten. Ich wäre jetzt gerne auf dem Land, mit Serge.
Ein Kellner reicht mir eine lange Karte.
Nein danke, ich möchte nichts trinken.

Also?
– Also, euer Vater hat uns erklärt, dass er, selbst wenn er wollte, seine Meinung nicht mehr ändern könne …
Ich unterbreche sie.
– Aber er kann seine Meinung bis zur letzten Minute ändern, selbst dort noch, die Schweizer Dame hat es ihm ganz deutlich gesagt, und wir wiederholen ihm das die ganze Zeit. Oder, Papa?
Er senkt den Kopf, ohne zu antworten.
– Er hat uns auch erzählt, ihr hättet genug von ihm, ihr fändet, es habe nun lange genug gedauert, und hättet ihm gedroht, euch nicht mehr um ihn zu kümmern, wenn er seinen Plan, dort hinzufahren, aufgebe.
– Das hast du erzählt?
Mit schiefem Gesicht beißt er sich in die Wange.
– Papa? Sieh uns an, hast du das wirklich gesagt?
Er hebt den Kopf.
– Ich weiß nicht mehr … Vielleicht …
Und ich meine ihn lächeln zu sehen.
Es kribbelt mir in den Fingern. Ich balle die Fäuste. Meine Hände werden hervorschießen, ihn an der Kehle packen und zudrücken, zudrücken, bis er krepiert.
Ruhig Blut. Ich atme tief durch. Einmal. Zweimal.
Ich erhebe mich leicht und schiebe mir die Hände unter den Po. Wenn sie bloß ruhig bleiben.
– Wie konntest du nur so etwas sagen?
Er zuckt mit den Schultern.
– Damit man mich in Ruhe lässt.
Seine beiden Cousinen haben sich zu ihm gedreht.
– Du hast uns völligen Unsinn erzählt!

Er gluckst.

Meine Hände zittern. Ich verlagere mein ganzes Gewicht auf sie, ich zerquetsche sie. Sie werden sich nicht rühren.

– Mir gefällt das nicht besonders. Euer Vater bringt euch in eine üble Lage, wenn er solche Sachen erzählt.

Georges' Stimme am Telefon ist hart, ja schneidend.

– Auf deiner Filmaufnahme, ist sein Wille da unmissverständlich?

Die Wahlkampfgesten, der Teleprompter-Tonfall.

– Ich bin mir nicht sicher.

– Dann fang noch mal von vorn an. Alles muss klar und deutlich sein. Und danach übergibst du die Originalaufnahmen eurem Notar. Habt ihr einen?

Wir haben den Frosch durch einen sehr sympathischen, jungen Notar ersetzt, der nicht schwerhörig ist – er versteht alles, was mein Vater sagt.

– Wenn du sie ihm übergibst, dann sag ihm nicht, um was es sich handelt. Wenn er es wüsste, würde er sich einer Straftat mitschuldig machen.

Einverstanden.

– Und ... es wäre mir lieber, wenn ihr ihn nicht in die Schweiz begleitet. Wenn er so fest entschlossen ist zu sterben, soll er allein fahren.

– Aber wir können ihn dort treffen und bei ihm sein, wenn er ...

– Nein. Ich möchte, dass ihr *danach* ankommt.

Ich schalte den Lautsprecher aus und lege auf.

Die Stille ist so groß, dass das Knistern im Kamin widerhallt wie lauter Explosionen. Wieder *Soylent Green* und Edward G. Robinson, der winzig und mutterseelenallein das riesige, weiße Klinikgebäude betritt.

Mir ist, als sei der Körper meiner Schwester neben mir plötzlich erkaltet.

Serge steht auf.

– Er hat recht.

Gleichzeitig greifen Pascale und ich nach unseren Whiskygläsern auf dem Tisch.

Mir schnürt sich der Hals zu, sodass ich kaum schlucken kann.

Die Eiswürfel klirren im Glas meiner Schwester, während sie sich dem Feuer nähert.

– Ja, er hat recht.

Noch ein Schluck. Noch einer.

Ich sehe den anklagenden Blick der amerikanischen Cousinen wieder vor mir und das halbe Lächeln meines Vaters.

Ich leere mein Glas.

– Ja.

Wir teilen die Aufgaben unter uns auf. Pascale sagt den Krankenwagenfahrern und der Schweizer Dame Bescheid, und ich kümmere mich um den Film und den Notar.

Dann treffen wir uns in der Klinik, um unserem Vater mitzuteilen, dass er allein wird fahren müssen.

– Glaubst du, er wird es sich deshalb anders überlegen?

– Nein, ich glaube nicht.

– Ich auch nicht.

Pascale muss nach Hause fahren.
Ich hätte mir gewünscht, dass sie hierbliebe, dass wir zusammen in einem Zimmer schlafen, dass wir nicht müde werden und die ganze Nacht lang reden, in unseren Betten, eins neben dem anderen.
Wie als Kinder.
Aber der Aufzug kommt, und meine Schwester geht.
Bis morgen.

Ich verschwinde in mein Arbeitszimmer.
Alain Cavalier will ich kein zweites Mal stören.
Ich rufe Tonie an. Ja, sie hat eine Kamera, die sie mir leihen kann. Ich kann sie morgen früh im Büro ihrer Produktionsfirma abholen.
Perfekt.
Ich schreibe eine Mail an den jungen Notar.
Könnte er bis Mittwoch in der Klinik vorbeikommen, damit mein Vater ihm wichtige Dokumente persönlich übergeben kann?
Dann hinterlasse ich Dialika eine Nachricht auf dem Anrufbeantworter, um ihr mitzuteilen, dass mein Vater seine Pläne geändert hat und wir nicht mehr wegfahren werden.
Schließlich storniere ich die Flugtickets.
Und die Reservierung im Hotel Bellevue.
Das reicht für heute.

In Tonies Büro ist es schön warm. Sie steckt mitten in der Vorbereitung eines Films, und während sie mir die Funktionsweise ihrer Kamera erklärt, höre ich jenseits der dünnen Wände Handy-Klingeln, Gelächter und das Blubbern einer Kaffeemaschine. Ich könnte hierbleiben, den ganzen Tag lang, inmitten dieses Trubels, aber Tonie hat Termine. Und ich muss meine Schwester treffen.

Die dunkle Kameratasche mit dem Schulterriemen erinnert an ein Pistolenhalfter.

Tonie begleitet mich zur Tür und umarmt mich fest. Als sie mich loslässt, ist mir kalt.

Auf der Treppe begegne ich einem Mann mit Helm und schwarzer Lederkluft. Er hält eine weiße Papiertüte voller goldgelb gebackener Windbeutel in den Händen, die in Lederhandschuhen stecken. Ich drehe mich nach ihm um. Das Licht der Deckenleuchte lässt seinen Helm glänzen und das Leder an seinem Hintern ganz glatt erscheinen.

Er hätte meinem Vater bestimmt gefallen.

Ich treffe Pascale in einem Café in der Nähe der Klinik.

Ich habe seit gestern Mittag nichts mehr gegessen. Sie auch nicht.

Wir bestellen Kaffee und ein Sandwich, das ich in zwei Hälften zu teilen versuche.

Meine Schwester nimmt ein kleines Notizheft aus ihrer Tasche.

– Ich muss alles aufschreiben, ich habe sonst Angst, etwas zu vergessen.

Die Schweizer Dame hat ihr einige Punkte näher erläutert. Bei der Abreise dürfen wir auf keinen Fall vergessen, unse-

rem Vater seine Papiere und das Familienstammbuch mitzugeben, das wir mit dem Leichnam zurückerhalten.
Dem Leichnam.
Der Krankenwagen darf nicht vor 11 Uhr 30 an der Wohnung des Vereins eintreffen, vorher wird niemand dort sein. Der Arzt hat eine recht weite Anreise mit dem Zug, sie selbst auch; und außerdem muss sie *das Nötige besorgen.*
Ich unterbreche meine Schwester.
– Hast du wirklich *Wohnung* gesagt?
Ich sehe zwei kleine Zimmer vor mir, Lampenschirme, einen alten Teppich auf dem knarrenden Parkett. Das Bild der großen weißen Klinik von Edward G. Robinson verschwindet endlich.
Pascale spricht weiter. *Danach*, so möchte es die Schweizer Dame, sollen wir spätestens um 15 Uhr da sein, um alle Formalitäten zu regeln – Polizei und Bestattungsinstitut.
Ich starre auf das Sandwich. Mit der heraushängenden Scheibe rosa Schinken sieht es aus, als streckte es mir die Zunge raus. Ich weiß nicht, ob ich etwas essen will oder mich übergeben muss.

Meine Schwester hat auch die Krankenwagenfahrer noch einmal angerufen.
Sie werden unseren Vater am Mittwoch gegen 22 Uhr 30 in der Klinik abholen.
Dann kommen sie, wenn sie *ganz gemütlich* fahren, am Vormittag in Bern an.
Sie klappt ihr Notizbuch zu.
Sie steht auf, ich folge ihr.

Nach einigen Schritten in Richtung Klinik bleibt meine Schwester unvermittelt stehen.

– Begreifst du das alles?

– Nein.

– Ich auch nicht.

Ihre dunklen Augen sind riesig.

Er sitzt mit dem Blick zur Tür und scheint auf uns gewartet zu haben.

Sobald er uns sieht, bricht er in Tränen aus.

– Papa ...

Er fängt an, den Kopf zu schütteln.

– Ich habe genug. Ich hätte mir die Birne wegpusten sollen, als ich noch die Chance dazu hatte.

Ich sollte ihn in den Arm nehmen, aber ich kann nicht.

– Beruhige dich, hier ... Schnäuz dich mal.

Ich reiche ihm ein Kleenex.

– Nach dem, was gestern passiert ist ...

– Lasst mich in Ruhe, ich will nichts mehr davon hören.

– Nach dem, was gestern passiert ist, haben wir Kiejman angerufen. Er sagt, bei dem Unsinn, den du erzählst, sei es zu riskant für uns, dich zu begleiten.

Er zuckt die Achseln, *pffff*.

– Kurz gesagt, wenn du wirklich darauf bestehst, dorthin zu fahren, dann wäre es besser, du tust es alleine.

Er richtet sich plötzlich auf.

– Na gut, also schön. Ich denke, das ist mir ebenso recht.

Nicht die geringste Spur auf seinem Gesicht verrät mehr, dass er geweint hat.

– Ist das alles, was ihr mir zu sagen habt?

– Nein. Ich muss dich noch einmal filmen. Das erste Mal ist nichts geworden, du sahst aus, als würdest du deinen Text ablesen.

Pascale bricht auf. Bevor sie die Tür hinter sich schließt, sehe ich, wie blass sie ist.
Ich nehme die Kamera aus der Tasche.
– Nuèle!
Er lacht übers ganze Gesicht.
– Was sagt er zu meinem *Projekt*?
– Wer denn?
– Wie heißt er noch gleich? …
Seit seiner letzten *Ohnmacht* sucht er immer öfter – vergeblich – nach Namen.
– Dein Anwalt …
– Kiejman? Er sagt, an deiner Stelle hätte er niemals seine Kinder darum gebeten, ihm zu helfen. Er hätte das alleine durchgezogen.
Sein Lächeln erstarrt.
– Ach wirklich? Jedenfalls kann ich dir sagen, dass es viele Leute gibt, die mich sehr mutig finden. Und die mich bewundern.

»In einem Monat werde ich neunundachtzig. Wenn ich zehn Jahre jünger wäre, würde ich vielleicht kämpfen. Und selbst da bin ich mir nicht sicher. Was ich jedoch sicher weiß, ist, dass ich so nicht leben will. Ich habe überhaupt kein Interesse daran. Es ist vorbei. Ich kann mich kaum noch rühren, ich kann nicht einmal mehr die einfachsten Bewegungen des täglichen Lebens machen.

Ich kann das, was ich geliebt habe, nicht mehr genießen. Nichts mehr. Ich kann nicht mehr mit dir verreisen, Raphaël. Ich kann dir nichts mehr geben ... Ich will in diesem Zustand nicht mehr weiterleben ... Das ist jetzt mehr als genug ... Es ist gut so, wie es ist ...«

Ich nehme die Kassette heraus und stecke sie zusammen mit der DVD in einen gefütterten Umschlag. Ich reiße den Klebestreifenschutz ab und drücke die Lasche an. Fertig.

Der junge Notar ist am Spätnachmittag vorbeigekommen, den Helm unterm Arm, mit rosigen Wangen von der Fahrt auf dem Motorroller; mein Vater hat ihm den Umschlag gegeben, ohne den Inhalt zu erläutern, und er ist wieder abgefahren.

»DWWG.«

Als ich gerade gehen will, ruft mein Vater mich zurück.

– Bleibt es beim Voltaire morgen?

– Natürlich.

Er seufzt, erleichtert und so zufrieden, dass mir Tränen in die Augen steigen.

Ich mache kehrt, um ihm einen Kuss zu geben.

Als ich nach Hause komme, finde ich eine Mail von Pascale vor.

Sie hat entschieden, am Donnerstag nicht mit mir nach Bern zu fahren.

Sie will an diesem Tag bei ihren Kindern sein, um ihnen vom Tod des Großvaters zu erzählen und ihre Fragen zu beantworten.

Ich hoffe, du wirst mich verstehen und damit einverstanden sein, allein zu reisen und alle Formalitäten zu erledigen.

Ich spüre, wie mir die Kräfte schwinden. Mein Kopf fällt vornüber auf den Schreibtisch, und so bleibe ich liegen, unfähig, mich zu rühren, die Nase an der weißen Kante des Computers, umgeben von einem schwachen Geruch heißen Plastiks.

Es regnet, doch das Vordach schützt die Terrasse rundum, und über dem Louvre sieht man bereits ein paar Flecken blauen Himmels. Thierry wirbelt um unseren Tisch herum, reicht uns die Karte. Mein Vater braucht sie nicht. Seit Monaten weiß er, was er möchte: Avocado-Pampelmusen-Salat und Seezunge, *mit Pommes natürlich*. Serge nimmt auch Seezunge und Krabbensalat als Vorspeise. Für mich zwei Vorspeisen, Champignons in Olivenöl und Zitrone und Gänseleberpastete. Aber ich glaube, ich werde nichts runterbekommen.

Und eine Flasche Bordeaux, Château de France, einen Pessac-Léognan, den mein Vater immer bestellt hat, *früher*.

Thierry füllt unsere Gläser.

Serge erhebt seines.

– Auf dich, André.

– Auf dich, mein Großer.

Als wir miteinander anstoßen, schaue ich ihm in die Augen.

– Auf dich, Papa.

– Auf dich, meine Tochter.
Seine glänzenden blauen Augen und die blonden, stets widerspenstigen Augenbrauen, an denen ich immer zog, als ich klein war.
Thierry stellt Brot, Butter, Wurst und ein paar Radieschen auf den Tisch.
Mein Vater leert sein Glas, bittet Serge, ihm nachzuschenken, und mich, ihm ein Brot mit Butter zu bestreichen.
Er verschlingt mehrere Scheiben Wurst.
– Langsam.
Er zuckt die Schultern und beißt in sein Brot.
Plötzlich erinnere ich mich, wie ich als dicke Jugendliche oft träumte, ich würde nicht mehr lange leben und könnte deshalb alles in mich hineinstopfen, worauf ich Lust hätte, ohne mich darum zu scheren, zuzunehmen.
Soll er so viel essen, wie er mag.

Die Sonne kommt wieder raus.
Trotz des Verkehrs auf den Kais wirkt die Luft fast klar, wie reingewaschen vom Regen.
Hinter mir unterbrechen drei Männer einen Moment lang ihr Geschäftsgespräch, um sich über ihre Urlaubspläne auszutauschen.
Serge beißt in ein Radieschen. Mein Vater betrachtet kauend jeden ankommenden Gast.
Ein normales Mittagessen auf der Terrasse, an einem Junitag.
Abrupt stehe ich auf.
– Ich komme gleich wieder.
Ich greife nach meiner Tasche und eile zur Toilette.

Kaum habe ich die Tür verriegelt, breche ich in Tränen aus. Ich betätige die Spülung, um das Schluchzen zu übertönen, und ich weine. Ich weine, wie ich glaube noch nie geweint zu haben, nicht in meinem Bett als einsame Jugendliche, noch nicht einmal in dem winzigen Wartezimmer dort oben am Ende der ansteigenden Straße.
Plötzlich entspannt sich mein ganzer Körper. Mein Atmen beruhigt sich. Die Tränen fließen nicht mehr.
Es ist vorbei.
Puder, Lippenstift, ein wenig Kajal, ein paar Bürstenstriche und raus.

Ein kleiner Hügel Champignons wartet auf mich.
Mein Vater ist mit seinem Salat fast fertig.
– Das war jetzt genau das Richtige.
Ich schiebe meinen Teller weg.

Während ich seine Seezunge in kleine Stücke zerteile, klaubt er mit den Fingern Pommes frites vom Teller.
Er stellt Serge Fragen zur Cinemathek.
Die Retrospektive der Buñuel-Filme beginnt morgen.
– Ich würde gerne den Film noch einmal sehen, in dem die Jungen den Bettler verprügeln ...
– *Los Olvidados*?
– Ja!
Serge erzählt von einem seiner Projekte, einer Ausstellung zu Stanley Kubrick.
Das Gesicht meines Vaters hellt sich auf.
– *I'm singing in the rain! Peng! Peng!*
Die Erinnerung an Malcolm McDowell in *Uhrwerk Oran-*

ge, der Gene Kelly imitiert und dabei einem Mann Fußtritte versetzt, dessen Frau er vorhat zu vergewaltigen, hat ihn immer amüsiert.
Er zeigt auf seinen leeren Teller.
– Ich hätte gern noch Pommes frites.

Ein älteres Paar kommt an unseren Tisch.
– André ... Wie geht es Ihnen? Sehen wir uns diesen Sommer in Bayreuth?
– Nein, dieses Jahr nicht.
– Wie schade ... Also dann bis ganz bald hoffentlich.
Mein Vater schaut ihnen nach. Er seufzt.
– Ich kann mich beim besten Willen nicht daran erinnern, wer diese Ollen sind.

Ein weiterer Regenschauer, die Hagelkörner, die auf den Gehsteig prallen, springen uns entgegen.
Serge verschiebt den Tisch, um uns vor dem Hagel zu schützen. Dann küsst er meinen Vater, »Bis morgen«, und kehrt zu seiner Arbeit zurück.

– Hast du Angst?
– Wovor?
– Zu sterben.
Er schüttelt den Kopf, nicht sein verzweifeltes Hin- und Herschaukeln, nein, eine echte energische und kraftvolle Bewegung.
– Überhaupt nicht.
Und er häuft noch mehr Crème fraîche und Zucker auf seinen Teller mit Beerenobst.

Ich nehme mir eine glänzende, fleischige Erdbeere mit winzigen Kernen wie Haare. Die Nase meines Vaters.
Ich betrachte sein Gesicht.
Es schnürt mir die Kehle zu.
In zwei Tagen: gar nichts mehr.
Es sei denn, er überlegt es sich anders.
Ein schwarzer Mercedes hält am Bürgersteig. Der Chauffeur umrundet den Wagen, schickt sich an, die hintere Tür zu öffnen. Und wenn es David LaChapelle wäre, der aussteigt? Seine Ausstellung ist erst vor wenigen Tagen zu Ende gegangen, heute Morgen ist er mit dem Abhängen fertig geworden, und da das Hôtel de la Monnaie nicht weit ist, kommt er zum Mittagessen her. Er ist es, ich bin mir sicher. Ich werde aufspringen, ihn am Arm fassen, zu unserem Tisch führen und ...
Und nichts. Es ist eine mürrische Frau, die aus dem Wagen steigt und im Innern des Restaurants verschwindet.
Uuuuahhhh, mein Vater gähnt.
Seine Augen fallen zu. Er ist müde.
Ich rufe ein Taxi.
Weil es ein PMR-Taxi ist, ein behindertengerecht ausgestatteter Wagen, müssen wir zwanzig Minuten warten.
Die Augen meines Vaters fallen zu.

Nicolas, der Patensohn meines Vaters – und mein Jugendfreund –, erwartet ihn auf seinem Zimmer. Seit einem Monat ist er fast jeden Tag da.
Es werden noch andere Besucher kommen, ich bleibe nicht da.
Ich komme morgen wieder.
Mittwoch.

Ich bin gerade im Bus, als die Schweizer Dame mich anruft. Nein, ich werde sie nicht später zurückrufen können, bis morgen wird sie nicht erreichbar sein.
Der Autobus ist voll, ich spreche so leise wie möglich, den Mund direkt am Apparat. Ich teile ihr mit, dass ich alleine kommen werde. Sie hört mich nicht, und ich muss alles wiederholen. Sie sagt, ich solle das Gebäude nicht über den Hof betreten, wo der Krankenwagen hält, sondern über den Haupteingang zur Straße hin. Ich soll den Knopf 18 der Gegensprechanlage drücken.
Was die Bezahlung betrifft, so kann ich per Überweisung oder in bar zahlen. Mit dem Arzthonorar, dem Kauf der Mittel und den Gebühren müsste das ungefähr 1500 Schweizer Franken machen, sie weiß die Summe noch nicht ganz genau. Wir besprechen das am Donnerstag.
Sie gibt mir ihre Handynummer für den Notfall. Und das war's.
Dann noch einen schönen Tag, Madame Bernheim.

Es gibt einen Zug, der Donnerstag um 10 Uhr 24 von der Gare de Lyon abgeht und mit einmal Umsteigen in Basel um 14 Uhr 27 in Bern ankommt.

Der ist perfekt.
Und ich reserviere für die Nacht ein Doppelzimmer im Hotel Bellevue. Meine Freundin Catherine Klein hat mir angeboten, mich zu begleiten.

Pascale ruft an.
Sie hat das Bestattungsinstitut in Bern um ein kleines Glasfenster im Sarg gebeten, in Höhe des Gesichts unseres Vaters, um ihn ein letztes Mal sehen zu können, bevor er beerdigt wird.

Es ist halb neun, ich habe mich hingelegt.
Serge ist in seinem Arbeitszimmer oder im Wohnzimmer, ich weiß es nicht. Zum ersten Mal, seit wir zusammenleben, suche ich weder seine Nähe, noch brauche ich sie.
Es sollen mich nur alle in Ruhe lassen.
Ich stelle den Fernseher an. Mein Daumen krampft sich um die Fernbedienung.
Ciné Cinéma Frisson.
Saw.
Der Film beginnt: zwei Männer, in gegenüberliegenden Ecken eines widerlichen Kellerraums angekettet, zwischen ihnen ein blutiger Kadaver.
Perfekt.
Ich lehne mich in die Kissen und ziehe mir die Decke bis zum Kinn.
Ich fühle mich wohl.

– Was hast du gestern Abend gemacht?
– Ich hab mir *Antichrist* im Kino angeschaut, um auf andere Gedanken zu kommen ... Und du?
– Ich habe *Saw* gesehen, um auf andere Gedanken zu kommen ...
Der Fuß, den sich eine der Hauptfiguren in *Saw* mit der Säge abtrennt, das Schleifrad, das Charlotte Gainsbourg in William Dafoes Knöchel schraubt.
Meine Schwester und ich brechen gleichzeitig in Gelächter aus.
Ein richtiger Lachanfall, wie als wir klein waren.

Es regnet heftig. Ich ziehe den Reißverschluss meines Regenmantels hoch und nehme den grauen ansteigenden Weg in Angriff.
Heute gehe ich schnell.
Ich betrachte mich nicht im Schaufenster der Apotheke an der Ecke, werfe nicht einmal einen flüchtigen Blick auf die Rosenstöcke im Hof.
Im Wartezimmer setze ich mich nicht hin. Ich bleibe stehen, den Regenmantel in der Hand. Ich bin bereit.
Bereit einzutreten. Bereit zu schreien. »Soll mein Vater doch sterben, dass endlich Schluss ist.«

Marion hat eine ganze Weile mit meinem Vater verbracht. Sie wollte sich ein letztes Mal von seiner Entschlossenheit überzeugen. Sie haben lange miteinander gesprochen. Sie hat wieder und wieder versucht ihn umzustimmen, aber es hat nichts gebracht. Ihre schöne, feste Stimme wird brüchig. *André* ... Sie schluchzt.

Ich treffe Serge um halb sieben in der Eingangshalle der Klinik. Wir begegnen Nicolas, der rotgeweinte Augen hat. Er drückt mich an sich. Bevor er geht, frage ich ihn, ob mein Vater allein sei.

Nein. G.M. ist bei ihm.

Auch Pascale kommt. Sie öffnet ihre Tasche und zeigt mir einen Flachmann mit Whisky, um uns Mut zu machen, während wir auf den Krankenwagen warten.

Da ist G.M. Er begrüßt uns und bittet, ihn morgen anzurufen, um ihn auf dem Laufenden zu halten. Er sieht so gerührt aus, dass ich mich bereiterkläre, es zu tun. Pascale wirft mir einen vernichtenden Blick zu.

Unser Vater ist müde, aber guter Dinge.

Er zählt alle Freunde auf, die ihn besucht haben.

– Mir wird klar, dass es viele Leute gibt, die wirklich an mir hängen.

– Und sie wünschen sich alle, dass du es dir anders überlegst.

Energisch, fast fröhlich schüttelt er den Kopf.

– G.M. wollte im Krankenwagen mitfahren, aber ich habe abgelehnt. Ich will kein *Klageweib*.

Pascale holt den Flachmann raus, sie hat sogar an Pappbecher gedacht. Serge möchte nicht. Mein Vater auch nicht, er hat schon lange keinen Whisky mehr getrunken und fürchtet, er könne im Moment der Abreise unpässlich sein. Ich habe so gut wie nichts gegessen, weder im Voltaire noch danach, und der Whisky brennt mir im Hals. Aber er tut gut.

Wir haben der Klinik gesagt, mein Vater werde für achtundvierzig Stunden abwesend sein, wir müssen also seine Sachen packen.

Ich lege frische Wäsche in die Reisetasche, einen Pullover, zwei Hemden und eine Packung Windeln, während Pascale sich um den Waschbeutel kümmert.

Wir werden die Pflegehelferin um die Pillendose bitten, wenn sie kommt.

Alles ist vorbereitet.

Pascale füllt erneut unsere Pappbecher.

Mir ist etwas schwindelig.

Wir haben abgemacht, jeweils etwas mit unserem Vater allein zu bleiben. Wenn meine Schwester an der Reihe ist, werde ich Mandeln und Pistazien kaufen gehen.

Serge beugt sich zu meinem Vater und küsst ihn. Mit der linken Hand drückt mein Vater ihm den Arm.

– Auf Wiedersehen, mein Großer.

Serge bricht auf.

Es klopft an der Tür.

Ich öffne.

Der Krankenpfleger und die stellvertretende Klinikdirektorin kommen ins Zimmer.

Sie müssen uns sprechen, meine Schwester und mich. Sie bitten uns, mit ihnen hinauszugehen.
Als wir auf dem Treppenabsatz stehen und die Zimmertür geschlossen ist, teilen sie uns mit, gerade einen Anruf vom Polizeirevier des Arrondissements erhalten zu haben. Es sei eine Erklärung zu Protokoll gegeben worden, die besagt, dass unser Vater heute Abend um halb elf mit einem Krankenwagen in die Schweiz fahren wolle, um dort *eine entsetzliche Tat zu begehen.*
– Eine entsetzliche Tat? Was soll das heißen?
– Dort Sterbehilfe in Anspruch zu nehmen, nach dem, was die Polizei verstanden hat.
Die Miststücke von amerikanischen Cousinen.
– Sind Sie über diesen Plan informiert?
– Wir wissen, dass unser Vater heute Abend in die Provinz fahren muss, um dort morgen einige persönliche Angelegenheiten zu regeln. Er ist hier kein Gefangener, er hat das Recht auszugehen, wann immer er dies wünscht, oder?
– So ist es. Wir können ihn nicht daran hindern, aber die Polizei schon. Sie kann herkommen und den Krankenwagen aufhalten.
– Wer hat sie angerufen?
– Das haben sie uns nicht gesagt. Wir werden Ihrem Vater einige Fragen stellen. Allein. Warten Sie hier.

– Und wenn wir das zum Anlass nehmen würden, alles abzusagen? Papa wird es uns nicht übelnehmen können, es ist nicht unsere Schuld, dass es schiefgegangen ist.
– In jedem Fall müssen wir die Krankenwagenfahrer abbestellen. Sie können nicht hierherkommen.

Aber unsere Taschen und unsere Handys sind auf dem Zimmer geblieben.
Mir ist eiskalt. Ich hätte gern noch einen Whisky.

Der Krankenpfleger und die stellvertretende Direktorin kommen aus dem Zimmer.
– Sie können hineingehen.
Die beiden ziehen sich zurück.
Unser Vater ist sehr erregt.
– Was ist los? Sie haben mir eine Menge Fragen gestellt.
– Jemand hat uns an die Polizei verraten.
– Aber wer kann so etwas getan haben?
– Jemand, dem du sonst noch deine Geschichten erzählt hast. Es ist nicht sicher, ob du fahren kannst, die Polizei will dich daran hindern.
Er bricht in Tränen aus.
– Das ist entsetzlich!
Ich trinke meinen Whisky aus. Meine Hand verkrampft sich so sehr, dass sie den Becher zerdrückt.
– Wir müssen ihn sofort hier rausbringen und nicht noch bis halb elf warten. Wir rufen ein Taxi, fahren zu dir oder zu mir und bitten den Krankenwagen, ihn später dort abzuholen, wo wir dann sind.
Ich rufe sofort ein behindertengerechtes Taxi. Das Taxi-Unternehmen setzt mich in die Warteschleife.
Pascale hüllt unseren Vater in eine große, marineblaue Strickjacke. Sie legt alle Papiere zusammen – Personalausweis, Familienstammbuch – und verstaut sie in seiner Tasche.
Endlich stoppt die Warteschleifenmusik.

Ihr Taxi wird in zwanzig Minuten da sein.
– Das ist entsetzlich.
– Beruhige dich, Papa. Alles ist gut. Niemand kann uns davon abhalten, dich zum Essen auszuführen.
Pascale telefoniert mit den Krankenwagenfahrern, sie sollen nicht zur Klinik kommen. Sie wird sie später wieder anrufen, um ihnen zu sagen, wo sie ihn abholen sollen.
Sie erklärt unserem Vater den geänderten Plan.
Er beruhigt sich.
Wir gießen uns ein wenig Whisky nach.
So geht es besser.
Das Handy meiner Schwester klingelt.
Sie geht gleich ran. »*Ja, ich bin dran.*«
Ich sehe, wie sie die Augenbrauen hochzieht. »*Nein, nein, wir haben nur die Absicht, mit unserem Vater auswärts zu essen, das wird er doch dürfen, oder?*«
Sie macht mir ein Zeichen, ihr etwas zum Schreiben zu geben. Ein Kuli und *Le Monde*. Sie kritzelt etwas. »*Nein, nicht nötig, ich gebe ihr selbst Bescheid.*«
Sie legt auf.
– Wir sind aufs Polizeirevier bestellt, um acht Uhr … Gut … Was machen wir mit Papa?
– Wir setzen ihn ins Taxi und schicken ihn zu mir nach Hause, Serge soll ihn in Empfang nehmen. Ich rufe ihn gleich an.

– Aber ich bin auf dem Weg in die Cinemathek zur Eröffnung der Buñuel-Retrospektive.
– Es tut mir leid, aber es gibt keine andere Möglichkeit, bei Pascale ist niemand zu Hause. Schade wegen der Cinema-

thek, aber du musst nach Hause fahren. Du wartest unten auf das Taxi, bezahlst es und bringst meinen Vater nach oben, wir kommen so schnell wie möglich nach.

Der Weg ist frei, die Pflegehelferin im Nachtdienst muss am anderen Ende des Flures sein. Ich rufe den Aufzug.
Pascale schiebt den Rollstuhl unseres Vaters hinein.
Es ist nach sieben, der Empfang ist nicht besetzt.
Ich gebe den Zahlencode ein; diesmal erinnere ich mich.
Das Taxi ist da.
Wir setzen unseren Vater hinein. »Mach dir keine Sorgen, es wird alles gutgehen.«
Ich nenne dem Fahrer meine Adresse.
Er fährt los.
Es regnet. Die Straße ist dunkel. Ich lege meiner Schwester den Arm um die Schulter, und so aneinandergeschmiegt gehen wir zu ihrem Auto.

Pascale hat einen Parkplatz gefunden, einige Straßen vom Polizeirevier entfernt. Zur Sicherheit löschen wir die Nummer der Schweizer Dame in unseren Handys und reißen die betreffenden Seiten aus unseren Terminkalendern. Während ich sie in Stücke reiße, denke ich an einen meiner alten Freunde, der von einer polizeilichen Hausdurchsuchung überrascht wurde und die verfänglichsten Papiere zerkauen und hinunterschlucken musste.
Pascale dreht sich zu mir.
– Gehen wir?

Puhh. Sie riecht nach Whisky. Und ich auch, sicherlich.
Ich schüttele meine Tasche und höre ein Klackern kleiner Kugeln.
Tic Tacs.
Ich wühle herum und finde die blaue Dose. Sie ist fast voll.
– Hier, nimm.
Ich gebe meiner Schwester die Hälfte und stopfe mir den Rest in den Mund.
Wir kauen mit aller Kraft.
»Kromm. Kromm.« Es hallt im Wagen wider.
Die Minze ist so stark, dass unsere Augen tränen.
Mir ist zum Lachen zumute. Pascale auch, wie ich sehe.
Das ist jetzt nicht der Moment.

Eine breite Freitreppe führt hinauf zum Polizeirevier.
Am Ende der Stufen steht ein Mann mit rasiertem Schädel und Lederjacke.
– Was wollen Sie?
– Wir haben einen Termin bei Hauptmann Petersen.
Er mustert uns.
– Ah, Sie sind das, *die Schwestern*? Kommen Sie mit.

Wir folgen ihm. Eine Treppe, noch eine, ein dunkler Gang.
Das Polizeirevier ist wie ausgestorben. Hier könnte uns wer weiß was passieren.
Meine Beine sind schwer, ich glaube, ich habe zu viel getrunken. Zum Glück geht er gemächlich. Ich bin hinter ihm, ich sehe unter dem Strickbündchen der Jacke das Lederetikett seiner Jeans.
L36 W32.

Die gleiche Größe wie Serge.

Es ist idiotisch, aber das beruhigt mich.

Endlich, ein Zimmer, in dem Licht brennt. Der Mann mit dem rasierten Schädel lässt uns eintreten.

– Hauptmann Petersen …

Ich sehe ein großes blondes Mädchen vor mir. Sie trägt sehr enge Hüftjeans und einen beigen Pullover mit V-Ausschnitt, der ihren langen Hals freilässt. Das Revolverhalfter lässt ihre linke Brust leicht unter der feinen Wolle hervortreten.

Sie lehnt mit dem Po an der Kante ihres Schreibtischs, die Füße über Kreuz.

Die Heldin aus einer amerikanischen Polizeiserie.

Der Rhythmus eines Vorspanns – *Law & Order* – pocht gegen meine Schläfen.

Bam bam ba ba ba bam.

Einen Moment lang weiß ich nicht mehr, wo ich bin.

– Guten Abend, *meine Damen.*

Ob tatsächlich wir das seien?

Sie gibt uns die Hand. Ihr kräftiger Händedruck weckt mich auf.

So, jetzt bin ich da.

– Ich möchte Ihnen vorab sagen, wie sehr mich Ihre Geschichte in Verlegenheit bringt. Es wäre mir tausendmal lieber, einen Raub oder einen Überfall regeln zu müssen. Das wäre sehr viel einfacher. Gut. Es muss klar sein, Sie sind hier, um *angehört* zu werden, was bedeutet, dass Sie in keiner Weise beschuldigt werden – bislang zumindest noch nicht – und gehen können, wann Sie wollen. Aber Sie müssen wissen, dass es in Ihrem Interesse ist, unsere Fragen zu beantworten. Wenn eine Erklärung zu Protokoll gegeben wurde, werden unsere Gespräche direkt an das Büro des Staatsanwalts weitergeleitet …

Der *district attorney*, träume ich vor mich hin.

Bam bam.

– Haben wir das Recht, einen Anwalt anzurufen?

– Sie haben das Recht, anzurufen, wen immer Sie wollen. Ich sage es Ihnen noch einmal, heute Abend werden Sie *angehört*, weiter nichts.

Ich atme tief durch.

– Können wir erfahren, wessen man uns beschuldigen würde?

– Paragraph 223–6 Strafgesetzbuch: Unterlassene Hilfeleistung gegenüber einer gefährdeten Person. Fünf Jahre Haft und 75 000 Euro Geldbuße.

– Aber im Falle unseres Vaters besteht die eigentliche Gefahr darin, dass er sich zu Tode hungert oder sein Handgelenk übel zurichtet, wenn er versucht, sich mit der linken Hand die Pulsadern aufzuschneiden.

Der hochgewachsene Körper von Hauptmann Petersen scheint in sich zusammenzusinken.

– Ich habe letztes Jahr meinen Bruder durch eine grauenhafte Krebserkrankung verloren. Wenn ich sein Leiden hätte verkürzen können, glauben Sie mir, dann hätte ich es getan. Ich hätte das Gleiche getan wie Sie. Aus diesem Grund bedrückt mich Ihre Geschichte auch so sehr …

Ich werfe einen Blick auf die Uhr. 20 Uhr 15. Wenn ich Georges anrufen will, dann muss ich es jetzt tun, bevor er zum Abendessen ausgeht.

Er nimmt sofort ab. Ich erkläre ihm, wo wir sind.

– Eine Erklärung? Aber das ist absurd! Gib mir mal diesen Hauptmann.
Ich reiche Hauptmann Petersen mein Handy.
– Guten Abend, Maître ... Ja ... Nein, noch nicht ... Wir werden sie getrennt voneinander anhören ...
Während sie spricht, läuft sie auf und ab. Ihre Stiefel erzeugen kleine Klebegeräusche auf dem Linoleum.
– Ich weiß wohl, aber der Staatsanwalt ... Mir auch nicht, mir gefällt das auch überhaupt nicht ... Ich weiß, ich weiß ... Ich gebe sie Ihnen noch mal, Ihnen einen schönen Abend, Maître ...
Sie nickt und gibt mir den Apparat.
– Emmanuèle? Sagt die Wahrheit, es wird schon alles gutgehen. Das Entscheidende ist, dass ihr das Gleiche erzählt. Und ruf mich wieder an, wenn irgendetwas ist.
Hauptmann Petersen breitet mit bedauernder Geste die Arme aus.
– Eine von Ihnen bleibt bei mir, die andere geht mit meinem Kollegen mit ... Und danach treffen wir uns wieder.

Ich lasse Pascale bei Hauptmann Petersen und folge dem Mann mit dem rasierten Schädel, dessen Namen ich nicht verstanden habe.
Mein Handy klingelt. Es ist Serge.
Es funktioniert nicht, der Rollstuhl meines Vaters passt nicht in den Fahrstuhl.
– Bring ihn ins Café.
Mein Beamter betritt ein kleines, von Neonlicht erhelltes Büro. Das einzige Fenster ist geschlossen. Durch die dreckige Scheibe erkenne ich ein Gitter.

Er weist mir einen Stuhl an.

– Setzen Sie sich.

Er schaltet einen Computer ein, dessen Bildschirm ich nicht sehen kann.

– Wir sind mit meiner Kollegin verbunden. Auf diese Weise können wir Ihre Antworten vergleichen.

Zuerst mein Personenstand.

Bei der Geschwindigkeit, in der er mit seinen beiden Zeigefingern tippt, werde ich hier nie rauskommen.

Die Wirkung des Whiskys verfliegt. Ich schwitze und mir ist kalt.

Er befragt mich zu meinem Vater, seiner Krankheit, seinem Zustand.

Ich erzähle ihm alles.

Seine Finger halten jedes Mal über der Tastatur inne, wenn er auf den Bildschirm schaut.

An seinen stockenden Fragen merke ich, dass er sie abliest, es sind die, die Hauptmann Petersen soeben meiner Schwester gestellt hat.

Zwei kurze Vibrationsgeräusche in meiner Tasche.

– Erlauben Sie, dass ich draufschaue?

– Kein Problem.

Es ist eine Nachricht von Serge: *Im Café an der Ecke. Sag mir Bescheid.*

Ich schreibe: *Wird etwas später als ged8.*

»Warum hat Ihr Vater sich gerade an Sie gewandt?«

»In welchem Verhältnis stehen Sie zu ihm?«

»Dieser Wunsch, Schluss zu machen, kommt er von Ihrem Vater?«

»Wann hat er Ihnen gegenüber das erste Mal davon gesprochen?«
»Hatte er schon früher einmal diesen Wunsch geäußert?«
»Hat er mit Dritten darüber gesprochen?«
»Mit wem?«

Das Neonlicht flackert und bereitet mir Kopfschmerzen. Ist das Absicht, um mich zu verunsichern, wie im Film?

»Sie hätten sich weigern können, ihm zu helfen, warum haben Sie das nicht getan?«
»Haben Sie versucht, ihn davon abzubringen?«
»Auf welchem Weg sind Sie mit diesem Schweizer Verein in Kontakt gekommen?«

Eine SMS von Serge, meine Augen sind trocken und brennen, ich kann die Nachricht kaum entziffern: *Ich weiß nicht, was ich tun soll. Das Bistro schließt gleich, es regnet und dein Vater friert.*
Ich tippe: *Stellt Euch in den Eingangsbereich des Hauses. Und hol was von oben, um ihn zuzudecken.*
Ich brauche frische Luft. Im Zimmer riecht es muffig. Ich traue mich nicht, darum zu bitten, das Fenster zu öffnen.

»Falls Ihr Vater stirbt, an wen gehen dann seine Besitztümer?«
»Welche Güterstandsregelung herrscht in der Ehe Ihrer Eltern?«
»Wo befindet sich der Vertrag über die Gütergemeinschaft?«

»Welche Rolle spielt Ihre Mutter bei alldem?«
»An welcher Krankheit leidet sie?«
»Sie sagen, Ihr Vater könne nicht mehr schreiben, welchen Beweis haben Sie dann für seine Entscheidung?«
»Und wo befinden sich diese Filme?«
»Wer hat sie Ihrem Notar übergeben?«

Rrrr ... rrrr ...: *Keine Neuigkeiten! Die Situation wird kritisch ...*

»Um wie viel Uhr sollte Ihr Vater abfahren?«
»Wo befindet er sich jetzt?«
»Er ist bei der Person, die Ihnen Nachrichten schickt, oder?«
»Wer ist es?«

Mein Beamter schiebt den Stuhl zurück, streicht sich mit der Hand über den rasierten Schädel, streckt sich.
Er drückt auf einen Knopf am Drucker.
– Möchten Sie einen Kaffee? Ein Glas Wasser?
– Wasser, bitte.
Er steht auf und greift nach einer großen Flasche Mineralwasser und einem Glas, dessen Sauberkeit er prüft, indem er es in das flackernde Licht hält.
– Hier.
Ich trinke. Mein Hals war ganz ausgetrocknet.
Er schenkt mir nach, bevor er die Flasche an seine Lippen setzt.
Schritte auf dem Flur, die Bürotür öffnet sich vor Pascale und Hauptmann Petersen.

– Ich lasse Sie drei einen Moment allein, während ich den diensthabenden Staatsanwalt anrufe ... Das dürfte nicht allzu lange dauern.

Mein Beamter reicht ihr den Stoß Papiere aus dem Drucker, und sie verschwindet.

Pascale setzt sich neben mich.

– Alles okay?

– Ja, und bei dir?

– Alles gut.

Mein Beamter öffnet das Fenster einen Spalt weit.

Frische Luft, endlich. Ich atme tief ein.

– Wäre es möglich zu erfahren, wer uns angezeigt hat?

Er schüttelt den Kopf.

– Ich habe leider nicht das Recht, Ihnen das zu sagen. Aber es dürfte für Sie nicht allzu schwer zu erraten sein.

Ich schaue Pascale an.

– Es fällt mir schwer zu glauben, jemand aus unserer eigenen Familie – unsere Cousine – könnte uns *angezeigt* haben, selbst wenn sie damit gedroht hat.

– Dann ist es die Klinik, um sich abzusichern.

Hauptmann Petersen kommt zurück. Sie ist schön.

– Ich habe mit dem Staatsanwalt gesprochen. Es ist in Ordnung. Sie können gehen.

Zum ersten Mal lächelt uns der Beamte mit dem rasierten Schädel an, und plötzlich ist er ein sehr junger Mann.

– Wenn ich an Ihrer Stelle wäre, würde ich die Abfahrt meines Vaters hinauszögern, so lange, bis ich alles mit meinem Anwalt geklärt hätte.

Hauptmann Petersen schüttelt den Kopf.

Sie besprechen sich einen Moment lang untereinander, dann führt sie uns auf den Flur.
– Ich begleite Sie hinaus.
Oben an der Freitreppe angekommen, lächelt sie uns an, ihre Augen glänzen, ich meine, Tränen darin zu sehen.
– Darf ich Sie in den Arm nehmen?
Sie umarmt uns.
Und lächelt uns immer noch an.
– Tun Sie, was Ihr Herz Ihnen sagt.

Pascale zündet sich eine Zigarette an. Ich atme den Rauch ein. Wir gehen schweigend nebeneinanderher. Ich drehe mich um. Aus der großen schwarzen Fassade des Polizeireviers schauen uns zwei erhellte Fenster an, wie zwei leuchtende Augen. Das Neonlicht in dem einen flackert, flüchtig wie ein Augenzwinkern.
Tun Sie, was Ihr Herz Ihnen sagt.

Es ist spät, wir kommen schnell voran. Während Pascale den Wagen steuert, rufe ich die Krankenwagenfahrer an und nenne ihnen meine Adresse. Sie werden spätestens in einer halben Stunde dort sein.
Dann sage ich Serge Bescheid, dass wir gleich da sind – *na endlich* – und hinterlasse Georges eine Nachricht auf dem Anrufbeantworter mit der Bitte, mich so schnell wie möglich zurückzurufen.
Es ist halb zwölf.

Der Rollstuhl unseres Vaters steht am Aufzug, das Sitzkissen liegt auf dem Boden.

Pascale hebt es auf und legt es an seinen Platz auf dem leeren Sitz.

Mein Vater sitzt auf einem Stuhl, genau gegenüber der Eingangstür. Er zuckt zusammen, als er uns sieht.

– Wo wart ihr?
– Auf dem Revier, wir wurden von der Polizei befragt.
– Und jetzt, was machen wir jetzt?
– Willst du immer noch unbedingt hinfahren?
– Noch mehr als zuvor, nach dieser Geschichte.

Serge drückt mich an sich.
Ich fasse die Befragung kurz für ihn zusammen.
Ich habe ihn noch nie so blass gesehen.
– Und für euch war es nicht zu schlimm?
Er bekommt kaum einen Ton heraus, als er mir von der Panik meines Vaters erzählt, der ständig kopfschüttelnd wiederholte, *es ist aus, es ist aus*, von seinen Schwierigkeiten, ihn in den Aufzug zu tragen, ihn festzuhalten und gleichzeitig zu versuchen, den Schlüssel ins Schloss zu stecken, und, kaum dass die Tür offen war, ihr Sturz im Eingang, einer über den anderen, hinuntergezogen von der reglosen Last meines Vaters.
– Ruh dich aus.
Er lässt sich aufs Bett fallen.
Ich halte ihn kurz für ohnmächtig, doch nach wenigen Sekunden höre ich ihn schnarchen.
Ich schließe leise die Tür.

Georges nimmt noch immer nicht ab, ich hinterlasse ihm eine zweite Nachricht.
Die Augen meines Vaters sind weit aufgerissen.
– Also gut, Papa, du wirst fahren, aber falls Kiejman meint, es sei für uns zu riskant, rufen wir den Krankenwagen an, und du kommst zurück.
Er schüttelt kräftig den Kopf.
– Nein! Seht zu, wie ihr zurechtkommt! Es kommt nicht in Frage, dass ich zurückkomme.
Bssssssssss. Die Gegensprechanlage. Es sind die Krankenwagenfahrer.
Mein Vater seufzt.
– Endlich.
Sein Gesicht hellt sich auf, als er sie wiedererkennt.
– Ich hatte gehofft, dass Sie es sein würden!
Sie haben ihn schon öfter gefahren, zu den Kontrolluntersuchungen nach Broca und vor kurzem nach Cochin, bei seiner Ohnmacht.
Er hat sich aufgerichtet, er scheint sogar größer geworden zu sein.
Ich warte fast darauf, dass er aufsteht und losgeht.

Pascale gibt den Krankenwagenfahrern den Personalausweis und das Familienstammbuch. Sie werden es bestimmt am Grenzübergang brauchen, und wenn sie angekommen sind, übergeben sie es der Person, die sie in Empfang nimmt. Es wird nicht schwierig für sie sein, die Wohnung zu finden. Meine Schwester, die stets an alles denkt, hat ihnen eine detaillierte Wegbeschreibung per Mail geschickt. Außerdem haben sie GPS.

Sie werden die Rechnung nach ihrer Rückkehr ausstellen.

Fertig.

– Wir vertrauen Ihnen unseren Vater an, geben Sie also acht … Wenn Probleme auftreten, haben Sie ja unsere Nummern, Sie wissen, wie Sie uns erreichen können, nicht?

– Es sollte alles gutgehen.

Mein Vater wird ungeduldig.

– Also gut, fahren wir los?

Die beiden Männer schicken sich an, ihn hochzuheben.

– Warten Sie! Das ist wichtig! Nuèle! Ich habe die Klinik verlassen, bevor man mir mein Schlafmittel gegeben hat. Wie soll ich jetzt bloß einschlafen können?

Ich habe Stilnox im Haus.

Er will es gleich nehmen. Ich bringe ihm Wasser.

Er nimmt die Tablette ein, trinkt ein paar Schlucke und gibt mir das Glas zurück.

Er lächelt.

– Alles findet sich.

Seine Wangen haben wieder Farbe bekommen, sein Gesicht ist rund.

Jedes Baby sieht aus wie André.

Sie sind im Aufzug.

Wir folgen ihnen zu Fuß.

Ich habe einen marineblauen Fleece-Schal aus dem Kleiderschrank geholt, der ist warm und weich, damit er nicht friert.

Geschafft.

Unser Vater ist im Krankenwagen untergebracht, liegend.

– So hab ich es bequem.

Er sieht glücklich aus.

Pascale stürzt hinein, um ihn zu küssen.

Es dauert nicht sehr lange.

Sie kommt heraus. Ich wage nicht, sie anzuschauen.

Ich bin dran.

Ich binde ihm den Schal um den Hals. Das Marineblau steht ihm gut. Er ist schön.

– Papa …

– Gut … also … auf Wiedersehen …

Ich betrachte seinen kleinen Mund, seine Nase und, zum letzten Mal, seine leuchtenden Augen.

Ich küsse ihn.

Er schiebt mich vorsichtig weg.

Ich will kein Klageweib.

Ich steige aus.

Wir beide bleiben aneinandergeschmiegt auf dem Bürgersteig stehen, wie angewurzelt vor der weit aufgerissenen Tür.

Einer der Krankenwagenfahrer kommt, um sie zu schließen.

Unser Vater ruft nach uns.

– Ah … eine letzte Sache …

Wir wechseln einen kurzen Blick. Er wird sich bedanken, dass wir für ihn da gewesen sind, sagen, dass er uns liebt. *Meine Töchter*, wird er zärtlich sagen, *meine lieben Töchter.*

Gleichzeitig betreten wir den Krankenwagen, den Kopf nach vorn zu unserem Vater gereckt; wir sind schon sehr gerührt, wir halten den Atem an.

– Auf jeden Fall … möchte ich …

Er sucht nach Worten. Ich schließe die Augen. Und warte.
– … möchte ich, dass ihr herauszufinden versucht, wer mir so übel mitgespielt hat.
– Ja, Papa.
Wir steigen wieder aus.
Der Krankenwagenfahrer schließt die Schiebetür, lässt den Griff einrasten, gibt uns die Hand und steigt vorne ein.
Das weiße Heck des Krankenwagens entfernt sich und verschwindet am Ende der menschenleeren Straße.
Das wär's.

Wir nehmen wieder den Aufzug. In der engen Kabine ist meine Schwester ganz nah bei mir, mein Arm an ihrem. Plötzlich habe ich das Bedürfnis, sie zu berühren. Ich ziehe sie an mich. Sie legt die Arme um meine Taille. Ich atme den Geruch ihrer Haare ein, ich möchte mich darin vergraben. Lass uns so bleiben, dicht aneinandergeschmiegt, für immer, und vor nichts mehr Angst haben.
Als der Aufzug am Treppenabsatz hält, höre ich mein Handy in der Wohnung klingeln. Das ist bestimmt Georges. Die Metalltüren öffnen sich, ich renne, um dranzugehen.
Er ist es tatsächlich. Ich erzähle ihm kurz von den Anhörungen, vom Anruf beim diensthabenden Staatsanwalt, aber ich verschweige das *Tun Sie, was Ihr Herz Ihnen sagt*. Ich füge hinzu, mein Vater sei gerade abgefahren.
Georges seufzt.
– Wann wollt ihr hinfahren, morgen?
– Ich fahre allein. Die Schweizer Dame hat mich gebeten, um 15 Uhr vor Ort zu sein, für die Formalitäten mit der Polizei et cetera.

– Nein. Nach dem, was heute Nacht passiert ist, verlässt du Paris nicht, bevor sie dir nicht Bescheid gesagt hat. Du brichst hier erst auf, wenn dort alles geregelt ist. Hast du das verstanden?

– Ja.

Ich wiederhole es für Pascale.

Ihr Magen knurrt.

– Du hast nicht zufällig etwas zu essen da?

Ich öffne den Kühlschrank: Wurst, Käse, Butter.

Das Baguette ist schon etwas trocken, das toasten wir.

Wein?

Natürlich.

Und mitten in der Nacht, ganz allein vor unserem kleinen Imbiss, im warmen Duft des gerösteten Brotes, stoßen wir beide miteinander an.

»Auf uns.«

Pascale ist heimgefahren.

Serge schnarcht noch immer.

Ich lege mich nicht hin. Wozu auch? Auch wenn ich noch nie so müde war, fühle ich mich nicht schläfrig.

Und ich werde kein Lexomil nehmen. Das brauche ich nicht, ich bin nicht verängstigt, mein Kopf ist leer.

Ich lege mich auf das Sofa im Wohnzimmer. Ich habe zu nichts Lust, weder auf Lesen noch auf Fernsehen.

Ich stehe wieder auf.

Und wenn ich rausginge? Ich schaue aus dem Fenster, es regnet immer noch.

Ich gehe in mein Arbeitszimmer und storniere die Zugtickets.
Ich schreibe Catherine Klein eine Mail, um ihr zu sagen, dass wir morgen früh nicht mehr nach Bern reisen werden, sondern dass ich nachmittags allein hinfahre.
Und ich behalte das Zimmer im Hotel Bellevue.
Ich gehe auf die Startseite von Google Maps.
Abfahrt: *Mein aktueller Standort.*
Ziel: *Bern, Schweiz.*
Schauen wir uns die Route an.
Sie sind seit drei Stunden unterwegs. Wenn sie ganz gemächlich fahren, müssten sie jetzt auf der A6 bei Éguilly sein.
Ich starre auf die dicke blaue Straßenführung, als ob ich darauf den Krankenwagen ausmachen könnte, als winzigen weißen Punkt, der sich auf dem Bildschirm nach rechts bewegt.
Nach und nach fallen mir die Augen zu, der Schlaf kommt.
In den Ruhezustand versetzen.
Ich kehre auf das Sofa im Wohnzimmer zurück.

Ich habe drei Stunden geschlafen.
Ich stelle die Kaffeemaschine an, und schon sitze ich wieder vor dem Routenplan.
Sie haben bestimmt gerade die Schweizer Grenze passiert.
Bald werden sie den Neuenburger See entlangfahren.
Google Maps gibt an, dass man für die Strecke etwa 50 Liter Sprit braucht. Bestimmt haben sie in Frankreich vollgetankt. An der Tankstelle haben sie die hinteren Türen des Krankenwagens geöffnet. Mein Vater ist aufgewacht, hat die frische Morgenluft eingeatmet.

Vielleicht hat er sogar die Sonne aufgehen sehen.

Ich habe Lust auf ein heißes Bad.
Serge schläft noch. Er hat sich im Lauf der Nacht ausgezogen. Ich gehe quer durchs Zimmer, ohne das geringste Geräusch zu machen.
Ich wasche mir die Haare, seife mich ein. Den kalten Schweiß von gestern, den schmutzigen Regen, ich spüle alles fort.
Ich bin sauber.
Und mein Vater?
Ich steige aus dem Wasser.
Bei der überhasteten Abfahrt haben wir *das* nicht mit den Krankenwagenfahrern besprochen.
Müssen ihm die Windeln gewechselt werden?
Plötzlich ist mir zum Weinen zumute.
Dass mein Vater nur nicht in seiner eigenen Scheiße stirbt.

Vom Kaffeegeruch wird mir speiübel.
Ich gehe zurück in mein Arbeitszimmer.
Ich muss der Schweizer Dame Bescheid sagen, dass ich nicht wie geplant um 15 Uhr da sein werde.
Ich hinterlasse eine Nachricht auf ihrem Handy nach einer Ansage auf Deutsch, von der ich kein Wort verstehe.
Und eine weitere hinterlasse ich auf dem Anrufbeantworter des Vereins.
Sie ruft mich bestimmt sehr schnell zurück.

Ich schicke Pascale eine SMS: *Alles o. k.?*
Ihre Antwort kommt sofort: *Ich döse, fühle mich schwer,*

wie ausgeleert, hab Hunger, Halsschmerzen. Aber ja, sonst ganz okay. Und du?
Genauso, nur kein Hunger oder Halsschmerzen.
Iss was.
Kann nicht. Kloß im Hals.
Wird wohl alles gutgehen, aber komm wieder zu Kräften.

Serge ist aufgestanden. Er ist immer noch sehr blass.
Ich spreche ihn lieber nicht noch mal auf gestern Abend an.
Also sage ich gar nichts.
Er macht mir ein Butterbrot, ich esse ein bisschen davon.

Ich bleibe allein in der Wohnung.
Wenn ich Google Maps glaube, müssten sie fast da sein.
Es ist halb neun.
Was werden sie drei Stunden lang tun?

Das Klingeln meines Handys lässt mich zusammenzucken.
Es ist Pascale.
Die Krankenwagenfahrer haben sie gerade angerufen.
Kurz vor der Ankunft haben sie mit unserem Vater gemeinsam gefrühstückt.
Sie haben gequatscht und zusammen gelacht, bis mein Vater, der sehr gute Laune hatte, ihnen erzählte, was er in der Schweiz tun werde.
Die Krankenwagenfahrer wussten das nicht, sonst wären sie niemals bereit gewesen, ihn dort hinzubringen.
Sie sind Muslime.
Selbstmord verstößt gegen ihre Religion. Sie können sich nicht zu Komplizen machen.

Sie haben beschlossen, unseren Vater nach Paris zurückzubringen.
Ich unterbreche sie.
– Du machst wohl Witze?
– Nein!
– Das ist doch nicht wahr.
– Nein, das kann nicht wahr sein. Also, ich habe ihnen gesagt, es sei Papas Entscheidung und es sei an ihm, sie zu überzeugen. Nicht an uns. Sollen sie allein mit ihm klarkommen.
– Was werden sie tun?
– Keine Ahnung. Wenn du ihre Handynummer haben willst, hier ist sie. Ich will mich da nicht mehr einmischen, und du solltest das auch nicht tun.
Ich notiere die Nummer.
Ich werde sie etwas später anrufen.

Daniel, Marion, Micheline, Henry und andere Freunde meines Vaters melden sich bei mir. Alle sind bestürzt, als sie hören, was gestern Abend passiert ist.

Es ist zehn Uhr.
Ich rufe die Krankenwagenfahrer an. Mailbox.
Das Handy der Schweizer Dame. Mailbox.

Zehn Uhr dreißig, das Gleiche.

Elf Uhr, nichts.

Ich gehe auf und ab, setze mich aufs Sofa, stehe wieder auf, setze mich wieder hin.
Alle zwei Minuten vergewissere ich mich, dass mein Handy Empfang hat, die Batterie voll, der Klingelton eingeschaltet ist.
Jedes Mal springt mir der Bildschirmhintergrund entgegen, ein Foto von Serge im Wohnzimmer, an einem sehr hellen Nachmittag.
Von jetzt an wird es mich immer an diesen grauen Morgen erinnern.
Wenn das alles vorbei ist, werde ich es löschen, zack.

Elf Uhr dreißig. Was geht da vor sich?
Ist mein Vater in der Wohnung angekommen? Oder auf dem Rückweg nach Paris?
Wie soll ich es herausbekommen?

Mein Handy klingelt, ich springe auf.
Ich erkenne die Stimme von G. M.
Nein. Keine Neuigkeiten.
Ich erzähle ihm kurz von dem schrecklichen Abend gestern.
Er stammelt etwas, ich höre, *Leute, die er kennt, müssten wohl ein Polizeirevier angerufen haben*, und er legt auf.

Und wenn er es war, der uns verpfiffen hat?
Ich höre noch den Beamten mit dem rasierten Schädel sagen: »*Das dürfte für Sie nicht allzu schwer zu erraten sein.*« Pascale hatte vor einigen Monaten im selben Polizeirevier eine Erklärung wegen G. M. zu Protokoll gegeben.
Er ist es, da bin ich mir sicher.

Ich erzähle alles Pascale. Sie denkt das Gleiche wie ich.
Zwei oder drei Anrufe, Informationen abgleichen, und wir haben die Gewissheit.
Es ist G. M., der uns angezeigt hat.
Um sich zu rächen? Aus Trotz, weil er außen vor gelassen wurde? Aus Liebe zu unserem Vater und um ihn daran zu hindern, zu fahren?
In jedem Fall ist es niederträchtig.

Zwölf Uhr. Immer noch nichts.
Ich sitze im Schneidersitz auf dem Sofa. Meine Beine kribbeln, aber ich rühre mich nicht. Ich sehe – in roten Zahlen auf dem Display des Satellitendecoders – die Minuten verstreichen. Manchmal bemerke ich mein regloses Spiegelbild auf dem schwarzen Fernsehbildschirm, direkt obendrüber.

Dreizehn Uhr. Ich strecke die Beine aus, mir tun die Knie weh, die Knöchel. Die Wohnung ist groß, ich kann das Telefon mitnehmen, aber nein, ich bleibe auf dem Sofa sitzen.
Ich habe das Gefühl, nirgendwo sonst hingehen zu können.

Bin ich eingeschlafen? Es ist vierzehn Uhr dreißig.
Derrick ist bestimmt gerade vorbei. Den hat mein Vater in der Klinik so gut wie nie verpasst.
Jetzt hallt die Musik des Vorspanns in meinem Kopf wider, von meinem Vater zwischen den Zähnen gepfiffen.

Mein Handy klingelt. Eine endlos lange Nummer wird angezeigt.
Die Schweizer Dame.

– Madame Bernheim?
Ja.
– Alles ist gutgegangen.
Ich springe auf. In meinem Kopf dreht sich alles.
– Also, Ihr Vater war guter Dinge, er hat den ersten Trank ausgetrunken und dann den zweiten, er fand ihn bitter, er sagte, Champagner wäre ihm lieber. Wir haben Musik laufen lassen, ein Quartett von Beethoven, und er ist eingeschlafen. Und ... ich habe Ihre Nachrichten erhalten. Es ist nicht nötig, dass Sie herkommen. Die Polizei war da, der Bestatter auch, die Formalitäten sind erledigt. Alles ist gutgegangen.
– Waren Sie bei ihm, als er gestorben ist?
– Ja, ich habe ihm die Hand gehalten. Die linke Hand.

Ich spüre, wie mir die Tränen über die Wangen laufen.
Dann lege ich auf.

Und ich rufe Pascale an.
Meine Schwester.